陰陽師系列

第十八部

陰陽師

玉兔卷

夢枕獏——著

茂呂美耶——譯

伴隨《陰陽師》系列小說十五年有感

承接《陰陽師》系列小說的編輯來信通知，明年一月初將出版重新包裝的第一部《陰陽師》，並邀我寫一篇序文。

收到電郵那時，我正在進行第十七部《陰陽師螢火卷》的翻譯工作，而且，由於晴明和博雅這兩人拖拖拉拉了將近三十年的曖昧關係（中文繁體版則爲十五年），終於有了一小步進展，令我陷入興奮狀態，於是立即回信答應寫序文。因爲我很想在序文中向某些初期老粉絲報告：「喂喂喂，大家快看過來，我們的傻博雅總算開竅了啦！」

其實，我並非喜歡閱讀BL（男男愛情）小說或漫畫的腐女，《陰陽師》也並非BL小說，但是，我記得十多年前，曾經在網站留言版和一些《陰陽師》死忠粉絲，針對晴明和博雅之間的曖昧感情，嬉笑怒罵地聊得鼓樂喧天，好不熱鬧。

說實在的，比起正宗BL小說，《陰陽師》的耽美度其實並不高。就我個人觀點而言，這部系列小說的主要成分是「借妖鬼話人心」，講述的是善變的人心，無常的人生。可是，某些讀者，例如我，經常在晴明和博雅的對話中，敏感地聞出濃厚的BL味道，並為了他們那若隱若現，或者說，半遮半掩的愛意表達方式，時而抿嘴偷笑，時而暗暗奸笑。

身為譯者的我，有時會為了該如何將兩人對話中的那股濃濃愛意，翻譯得不露骨，但又不能含糊帶過的問題，折騰得三餐都以飯糰或茶泡飯草草果腹，甚至一句話要改十遍以上。太露骨，沒品；太含蓄，無味。所幸，這種對話不是很多。是的，直至第十六部《陰陽師蒼猴卷》為止，這種對話確實不多。

然而，我萬萬沒想到，到了第十七部《陰陽師螢火卷》，竟然出現了令我情不自禁大喊「喂喂，博雅，你這樣調情，可以嗎？」的對話！不過，請非腐族讀者放心，這種對話依舊不是很多，況且，說不定我們那個憨厚的傻博雅，不明白自己說的那些話其實是一種調情。而能塑造出讓讀者感覺「明明在調情，但調情者或許不明白自己在調情」的情節的小說家夢枕大師，更令人起敬。

話說回來，不論以讀者身分或譯者身分來看，《陰陽師》系列小說最吸引我的場景，均是晴明宅邸庭院。那庭院，看似雜亂無章，卻隨著季節交替輪換而自有一番情韻。倘若我在進行翻譯工作時的季節，恰好與小說中的季節相符，我會翻譯得特別來勁，畢竟晴明庭院中那些常見的花草，以及，夏天吵得不可開交的蟬鳴和秋天唱得不可名狀的夜蟲，我家院子都有。只是，我家院子的規模小了許多，大概僅有晴明宅邸庭院的百分或千分之一吧。

為了寫這篇序文，我翻出《陰陽師飛天卷》、《陰陽師付喪神卷》、《陰陽師鳳凰卷》等早期的作品，重新閱讀。不僅讀得津津有味，甚至讀得久違多年在床上迎來深秋某日清晨的第一道曙光。

此外，我也很佩服當年的自己，竟然能把小說中那些和歌翻譯得那麼美。不是我在自吹自擂，是真的。我跟夢枕大師一樣，都忘了早期那些作品的故事內容，重讀舊作時，我真的在文字中看到當年為了翻譯和歌，夜夜在書桌前和古籍資料搏鬥的自己的身影。啊，畢竟那時還年輕，身子經得起通宵熬夜的摧殘，大腦也耐得住古文和歌的折磨。如今已經不行了，都盡量在夜晚十點上床，十一點便關燈。因為我在明年的生日那天，要穿大紅色的「還曆祝著」（紅色帽子、紅色背心），慶祝自己的人生回到起點，得以重新再活一次。

如果情況允許，我希望能夠一直擔任《陰陽師》系列小說的譯者，更希望在我穿上大紅色背心之後的每個春夏秋冬，仍可以自由自在穿梭於晴明宅邸庭院。

茂呂美耶

於二〇一七年十一月某個深秋之夜

目錄

平安時代中期的平安京

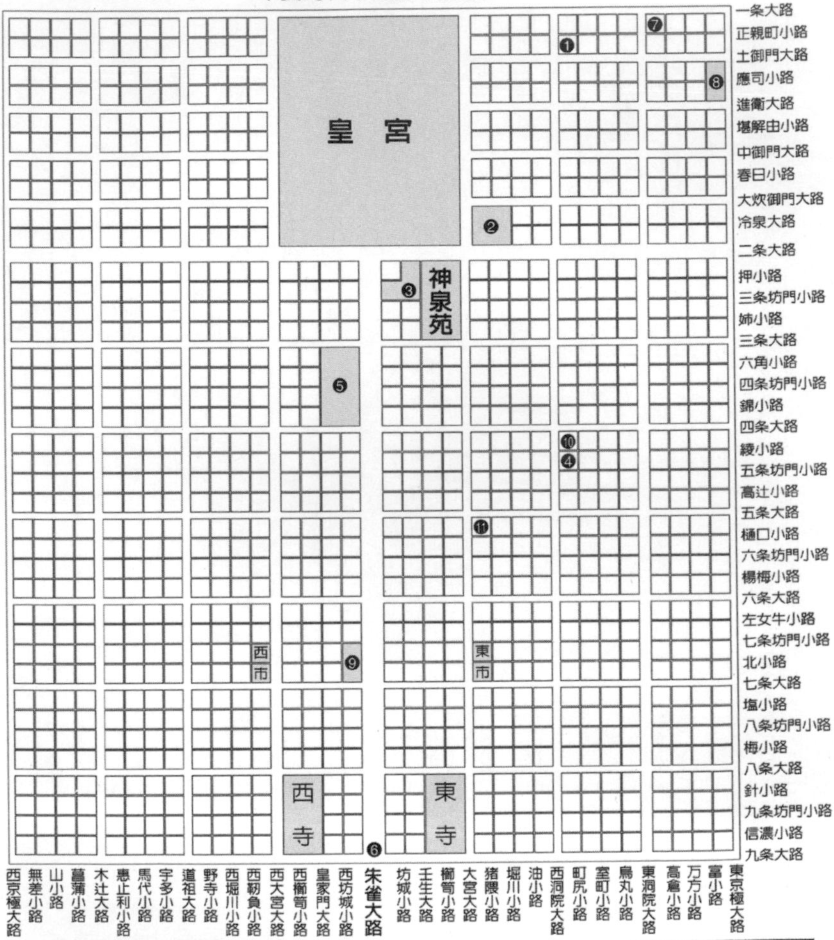

❶ 安倍晴明宅邸 ❷ 冷泉院 ❸ 大學寮 ❹ 菅原道真宅邸 ❺ 朱雀院 ❻ 羅城門 ❼ 藤原道長「一条第」
❽ 藤原道長「土御門殿」 ❾ 西鴻臚館 ❿ 藤原賴通宅邸 ⓫ 藤原彰子邸

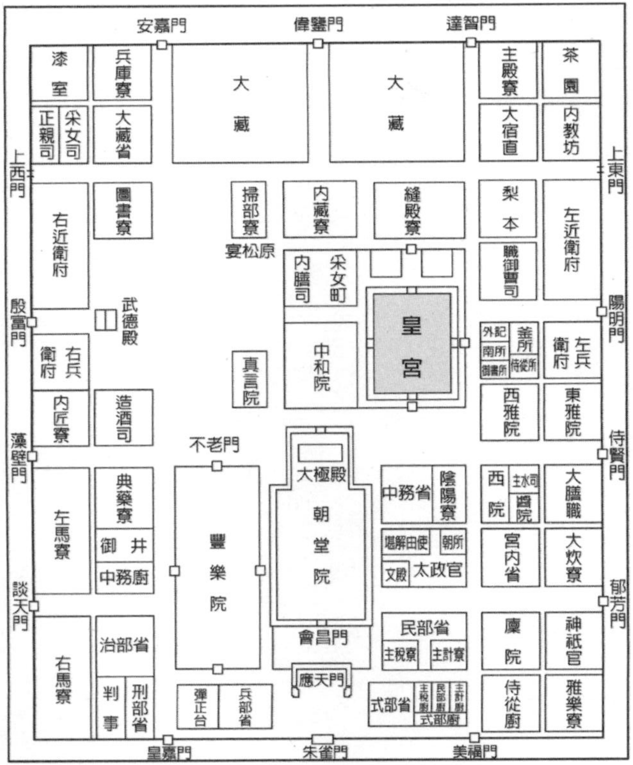
安嘉門
偉鑒門
達智門
漆室
兵庫寮
大藏
大藏
主殿寮
茶園
正親司
采女司
大藏省
大宿直
內教坊
上西門
上東門
圖書寮
掃部寮
內藏寮
縫殿寮
梨本
左近衛府
右近衛府
宴松原
內膳司
采女町
職御曹司
武德殿
殷富門
陽明門
皇宮
中和院
外記
釜所
南所
御書所
侍從所
右兵衛府
左兵衛府
真言院
內匠寮
造酒司
西雅院
東雅院
藻壁門
不老門
侍賢門
大極殿
典藥寮
中務省
陰陽寮
西院
主水司
齋院
大膳職
豐樂院
朝堂院
堪解由使
朝所
宮內省
大炊寮
左馬寮
御井
文殿
太政官
中務廚
談天門
郁芳門
民部省
廩院
神祇官
治部省
會昌門
主稅寮
主計寮
右馬寮
判事
刑部省
彈正台
兵部省
應天門
式部省
主稅廚
民部廚
主計廚
式部廚
侍從廚
雅樂寮
皇嘉門
朱雀門
美福門

大內裏

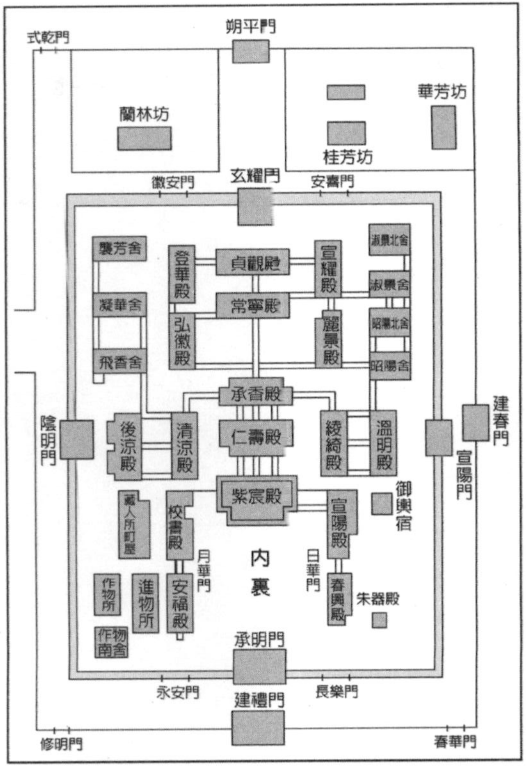
朔平門
式乾門
華芳坊
蘭林坊
桂芳坊
徽安門
玄耀門
安喜門
淑景北舍
襲芳舍
登華殿
貞觀殿
宣耀殿
淑景舍
凝華舍
常寧殿
弘徽殿
麗景殿
昭陽北舍
飛香舍
昭陽舍
承香殿
陰明門
後涼殿
清涼殿
仁壽殿
綾綺殿
溫明殿
建春門
宣陽門
紫宸殿
御輿宿
藏人所町屋
校書殿
宣陽殿
月華門
內裏
日華門
作物所
進物所
安福殿
春興殿
朱器殿
作物南舍
承明門
永安門
長樂門
建禮門
修明門
春華門

內裏（皇宮）

邪蛇狂

一

在四條擁有宅邸的渡邊元綱，是個狷介之士。

他絕不會屈己從人。

對於說出口的事情，更是固執己見。縱使日後明白當時的己見其實錯了，也不肯改變想法。

有時剛愎自用得太過分，家裡人特意從旁提醒，他不但不聽從，即便對方是妻子或孩子，也會動手就打；根據情況，甚至會掣刀在手。

因爲如此，妻子透子操勞太過，在孩子綱之十歲那一年離開人世。

自那以後，元綱益發狷忿偏激。

他變得僅爲了一些芝麻小事，也會拔刀殺死奴婢下人。

迄今爲止，即便他有時會拔刀，也會因爲透子從中說情或勸解，而得以安然收場，如今透子不在人世，他變得無法煞住自己的行動了。

而且由於每年總會殺死一名下人，到了最後，幾乎沒有人願意繼續留下來工作，只剩下一名老爺子在內的數名下人，以及兒子鋼之，分工做著本來應該是傭人做的事，勉強維持著生活。

然後到今年夏天，梅雨即將結束時分，庭院出現了一條巨大黑長蟲——是蛇。

元綱在庭院走動時，踩到了那條蛇。結果，那條蛇突然纏上元綱的腳，在元綱的小腿咬了一口。

那條蛇額頭上有個大小如紅豆、不知是何物的腫瘤。

元綱勃然大怒，雙手抓住蛇頭，從自己的小腿剝下蛇，接著用力扳開蛇口，哧哧地撕裂了那條蛇，由於蛇頭仍在蠕動，元綱便拔刀劈開蛇頭，那條蛇方才停止蠕動。之後，元綱拾起蛇屍，拋向草叢。

那天夜晚起，元綱出現了異狀。

他每晚在被窩裡都會做惡夢說囈語。

不但會發出野獸般的叫聲，還會咯吱咯吱地用力咬牙。

「噢嗚，噢噢噢噢嗚！」

他會發出可怕的叫聲。

說是一般夢話，顯然太過奇異。

綱之聽到叫聲，也醒了過來，來到父親元綱的臥室後，發現元綱在被褥上痛苦地扭動著身體。

留在宅邸裡的少數下人也聚集過來，探看到底發生了什麼事。

「父親大人……」

綱之開口呼喚，元綱突然睜開本來緊閉著的眼皮，站起身來。

「父親大人，您怎麼了……」

元綱在黑暗中瞪視著綱之，開口道：

「我是牛丸……」

聲音與平日的元綱不同。

「我在四年前遭元綱砍死，當時三十二歲。有一隻蚊子落在我送出的白開水裡，我因此而被殺了……」

正在說話的那個語音，突然變調。

「喂，牛丸你這傢伙，這隻蚊子到底是怎麼回事？難道你對我心懷恨意，故意這樣做嗎？」

是元綱的聲音。

緊接著，又發出不同的聲音。

「不，沒那回事。那隻蚊子是剛才掉落的，不是我故意放進去的。」

元綱以懼怯眼神和顫抖聲音如此說。

「你想違拗主人嗎？」
「沒有，沒有。」
「你那種懼怕的表情實在可憎……」
「請您不要這樣，請大人不要這樣。」
「我就用這把刀對你這樣。」
元綱以握著一把隱形刀的動作，向前砍去。
結果，本來應該砍向對方的元綱，又「哇」地發出叫聲，猛烈地扭動身體。
接著——
元綱突然停止一切動作。
「我是小碌……」
從元綱的嘴唇發出不是元綱本人的聲音。
這聲音也不同於剛才自稱牛丸的那聲音。
「我在三年前被元綱扎刺了咽喉而死，當年二十九歲……」
仔細聽的話，確實是三年前被元綱殺死的一名叫小碌的下人聲音。
繼續聽，聲音又恢復爲元綱的聲音。

「喂，小碌呀……」
「大人，有何吩咐嗎？」
「庭院那棵松樹，有一枝樹枝不見了。聽說是你砍掉的？」
「那棵松樹的樹枝，因爲被蟲子蛀蝕，爛掉了，樹枝內都腐朽了，我怕元綱大人在庭院走動時，萬一樹枝掉落在頭上會很危險，所以昨天我就砍掉了那枝樹枝。」
「你說什麼？你明明知道我經常在庭院觀賞那棵松樹的樹形。你砍掉那枝樹枝，不正表示你完全不把我放在眼裡嗎……」
「不，絕對沒有，我絕對沒有不把元綱大人放在眼裡的意思。」
「喂，你還想狡辯……」
「我不是在狡辯。請大人不要這樣，請大人不要這樣……」
「你別逃！你別逃！」
「大人饒命啊！大人饒命啊……」
合攏著雙手，用小碌的聲音求饒，既是元綱也是小碌的人，突然捂住喉嚨，身體往後仰。
四周安靜了下來，不料——

「我是平太，四十六歲。兩年前被元綱大人挖掉心臟而死的那個人，正是我……」

仔細聽，果然是綱之也熟悉的平太的聲音。

聲音又變了。

「平太呀。」元綱說。

「是，有何吩咐嗎？大人……」

「你爲何老是以懼怕的眼神望著我？」

「不，我沒有懼怕任何……」

「你的聲音不是在顫抖嗎？」

「聲、聲音……」

「看你怕成這個樣子，原來那謠傳是眞的。」

「謠、謠傳？」

「聽說你老早以前就在四處造謠，說我有毛病是吧……」

「沒那回事！沒那回事！」

「在背後說主人壞話的傢伙，會遭報應的。我來處你死刑！」

「哇哇！」

以平太聲音說話的元綱，用雙手按住胸部，往前傾倒。
「我是小水鴨。去年十四歲時，被元綱大人砍死的。」
元綱一往前傾倒，口中便又發出女人的聲音。
「妳剛才笑了吧……」
女人的聲音又變成元綱的男人聲音。
「我沒有笑。大人您怎麼這麼說……」
「不，妳確實笑了。妳向我問安後，背轉過身時，馬上伸出舌頭笑了吧。」
「既然我背轉過身，大人您又怎麼知道我笑了呢？」
「妳總算招認了。此刻，妳招認妳笑了的事。」
「我沒有笑。」
「不，妳笑了。」
「大人，您打算做什麼？我、我……」
「別逃！畜牲！」
「哎呀！」
元綱用女人聲音發出一聲喊叫，用右手按住左肩，對著庭院跑去。

他光著腳跳下庭院。
「父親大人，父親大人！」
晚一步的綱之也來到庭院，看到元綱站在月光中。
「我是牛丸……」
「我是小碌……」
「我是平太，四十六歲。」
「我是小水鴨。」
元綱口中陸續發出不同的聲音。
他就那樣坐在泥土地上。
眼前有一塊可以讓小孩坐到其上的踏腳石。
元綱將雙手按在地面。
「噢，請原諒我！」
然後以頭叩地。
砰！
額頭發出異樣聲響。
那勁頭實在驚人。

幾乎會讓人以爲用力摔在踏腳石上的花盆破碎了。

「請原諒我！」

「請原諒我！」

砰！

砰！

「父親大人，父親大人……」

綱之慌忙上前阻止，但元綱在兒子眼前再度以頭叩地。

「請原諒我！」

砰！

綱之踐倒元綱，再拉著元綱遠離踏腳石。

元綱頭破血流，額頭皮開肉綻，臉上滿是血跡。

據說在這時，元綱才總算恢復了神智。

但是，第二天晚上，又發生了同樣的事。

本來已經熟睡的元綱醒來，口中依次報出以前被元綱殺死的下人的名字。

之後，元綱再度來到庭院，對著踏腳石，用力擊打自己的額頭。

那時候，只擊打了一次便被止住。不過，第三天夜晚還是發生了同樣的事。

那天，元綱拔出刀身衝到屋外。

「喂，牛丸，你又來了嗎？」

「小碌，你這傢伙瘋了嗎？」

「平太，我再殺你一次吧。」

「小水鴨嗎？我幫妳砍下妳的頭吧。」

元綱一邊如此喊叫，一邊揮舞白刃，使得任何人都無法挨近。

結果，據說直至天亮，元綱好不容易才恢復了神智。

二

「這是昨晚發生的事？」

安倍晴明在窄廊上發問，此處是位於土御門大路的晴明宅邸。

源博雅坐在晴明身邊。

「是。」渡邊綱之打躬答道。

時值夏天——

蟬兒在陽光中大肆叫囂。

嘶嘶嘶嘶嘶嘶……

嘶嘶嘶嘶嘶嘶……

蟬叫聲使得本來就炎熱的空氣，煮沸般地更加酷熱起來。

綱之坐在晴明和博雅的對面，蟬叫聲在綱之那前傾的後腦袋上，如傍晚的驟雨般降落。

晴明和博雅兩人面前擱著酒瓶和喝了一半的酒杯。

方才，兩人正在喝酒時，渡邊綱之來訪。

「晴明大人，請您救救我們……」綱之如此說。

綱之看上去驚慌不已，兩人決定先聽他敘述，便讓他上了窄廊。此刻，兩人剛好聽完了他的說明。

「這件事聽起來眞是驚人。換句話說，就是有四個被殺死的人，成爲陰魂，附體在元綱大人身上吧？晴明。」博雅說。

「唔，應該是這樣吧……」

晴明雖然點頭同意博雅所說的話，卻又含糊其辭，似乎別有含意。

「難道還有別的什麼意思嗎？」博雅問。

「博雅大人，在這次的事件中，牛丸是在四年前被殺死的，就連距今最近的案件的小水鴨，也是在去年被殺死的……」

「那又怎麼了？」

「如果眞是陰魂作祟，那麼，早在四年前或者去年也好，就應該發生了。爲何會拖到現在才出現呢？」

「這個……」博雅答不出話，「是不是有其他因素存在，才讓陰魂於此時出現的？」

「那當然是有其他因素存在吧，問題是，到底是什麼因素？」

晴明將視線轉向綱之。

「這麼說來，綱之大人，您的意思是，今天晚上很可能又會發生同樣的事嗎？」

「是的。」

「因此，您才特地光臨舍下……」

「是的。我想，若是晴明大人，或許有辦法可以拯救家父……」

「元綱大人目前的情況又是如何呢？」

「家父像死人那樣一直昏睡不醒。額頭已經皮開肉綻，露出白色的頭蓋骨骨頭……」

「無論如何，我都會過去一趟。能不能請您先回去呢？我這邊多少需要做些準備，結束後，我會立即趕往四條那邊。再晚，應該也可以在天黑之前拜訪貴府……」

綱之行了個禮，起身走下台階，再次行了個禮，之後，讓背部承接著聲聲蟬鳴，回府去了。

直到看不見綱之的影子後，博雅才開口。

「喂，晴明……」

「怎麼了？博雅。」

「你剛才說需要做些準備，到底需要做些什麼準備？」

「我此刻正在思考該做些什麼準備。」

「思考？」

「剛才聽了綱之大人的敘述後，我並非完全沒有眉目。」

「到底是怎麼回事？」

「哎，你別急。我的思考快要就緒了……」

「喂……」

博雅剛說出口，晴明即接著自言自語。

「既然這樣，那就拜託眞君大人比較妥當吧……」

「喂，晴明，什麼意思？眞君大人是什麼人？」

「待會兒你就明白了。」

晴明說畢，砰地擊了一下掌心。

「蜜蟲！」晴明呼喚。

蜜蟲出來了。

「給我毛筆和硯台，還有紙……」

「知道了。」

蜜蟲點頭，消失身姿。

「晴明啊，你到底打算做什麼？」博雅問。

「做各種準備……」

「各種準備是什麼準備？我問的正是這點。」

「所以我不是說了，要做各種準備。如果我現在向你說明到底是什麼準備，萬一事情不是我所預測的那般，你說不定會向我嘮嘮叨叨說個不停。」

「什麼預測不預測的，如果我不在現場，我怎麼知道事情是不是你所預測的那般。」

「咦？」

「什麼咦不咦的……」

「博雅啊，難道你不打算去嗎？」

「不、不打算去哪裡？」

「去四條……渡邊元綱大人宅邸那裡。」

「不，我沒說不打算去。」

「那麼，你打算去了？」

「唔，嗯，去……」

「既然如此，你就在現場確認好了。」

「唔……」

「走吧，博雅。」

「唔，嗯……」

「走。」

「走。」

事情就這麼決定了。

三

晴明和博雅一起乘車出門。

抵達位於四條的元綱宅邸時，已是傍晚。

那是一棟毫無人聲的宅邸。

從庭院望去，可以看見屋內已經零零星星點起燈火。

兩人跟在負責帶路的老爺子身後，登上點著燈火的台階，不一會兒，房屋突然震響起來。

原來是窄廊的木板與木板之間的接縫，因摩擦而發出聲音，使得整棟房子搖擺不定。

「這是？」博雅在台階中途止步。

「不用管，快走！」

晴明追上吃驚不已的老爺子，趕在前面登上台階，雙腳踏上屋簷下的窄廊。
博雅跟在晴明身後。
宅邸天花板的房梁和房梁之間的接縫，咯吱咯吱作響。
進入臥室後，綱之察覺有人進來。
「晴明大人……」綱之轉頭望過來。
他的雙眼流露出畏懼神色。
放眼望去，可以看到方才似乎仍躺在被褥上的元綱，此刻已抬起上半身，睜眼瞪視著晴明與博雅。
枕邊點著兩盞燈火，火光猛烈地東搖西擺。
「我叫牛丸……」
元綱的嘴唇發出聲音。
「我是小碌……」這聲音與最初那聲音不同。
「我是平太……」
「我是小水鴨……」最後是女人的聲音。
元綱頭頂上的屋頂和房梁，激烈地發出聲響。
「來人是誰？」

「誰叫他們來的？」

「是哪裡找來的爛陰陽師嗎？」

「不管誰來，都沒有用……」

四人的聲音各自如此說。

而發出四人聲音的，僅是元綱一人。

本來似乎綁在元綱額頭的布條脫落了，垂掛在元綱的脖子和肩膀。眾人可以望見元綱額頭上那驚人的傷口，不但皮開肉裂，而且血肉半乾。

「我的到來，似乎讓事情愈加惡化了。」晴明說。

「回去、回去！」

「不管誰來，我們都不離開這裡。」

「沒有用的陰陽師……」

「你快回去吧。」

聲音如此說。

「雖然早了些，但還是開始吧。」晴明說。

「你打算開始做什麼？」

「不是說了，做什麼都沒用。」

「我們不會離開這個男人。」

「我們會一直附在這男人身上。」

聲音如此說。

「晴明，你打算怎麼辦？」

博雅問這句話時，整棟宅邸強烈地搖晃起來。

晴明伸手探入懷裡，從中取出一把小刀。

他用左手握著刀鞘，再用右手抽出刀身，將小刀插在地板。

然後伸直右手的食指和中指，貼在豎立的小刀刀柄尖端。

「疾疾現出原形速速脫去外殼是吉即吉是凶即凶是此即此是彼即彼疾疾現出原形速速……」

晴明低聲唸著咒文。

突然——

地板下傳出有某種巨大物體在滑動的動靜。

的溜溜！

的溜溜！

那物體好像在地板下朝庭院方向移動。

屋子的震響聲不再響起。

不知何時，元綱站了起來。

冷不防，元綱拔腿跑了起來，他踢倒圍屏，取起擱在圍屏對面的佩刀，拔出刀身，再用力扔掉刀鞘。

眾人來不及阻止，元綱便已跑到外邊，跳到庭院。

「畜牲！畜牲！」

元綱在四下無人的庭院中，一邊破口大罵，一邊揮舞刀身。

「你們這些畜牲，生前不把主人放在眼裡，死後還要向主人作祟嗎？眞是可悲呀！眞是可悲呀……」

元綱左右揮舞著刀身，大聲叫喊。

晴明讓插在地板的小刀保持原樣，左手探入懷中，取出用紙製成的兩尊人偶。

那兩尊人偶身上似乎寫著某種文字。

「急急如律令急急如律令……」

晴明低聲唸著，再伸出右手指尖，分別在那兩尊人偶各自撫摩了一下。

結果——

那兩尊人偶輕飄飄、輕飄飄地離開晴明的手，站在地板上。

站著之際，兩尊人偶已經不再是人偶。

其中一尊化身爲白狗。

另一尊則是人。

而且是個身穿盔甲、手持兵器的武士。

武士左手持弓，背負箭壺，右手握著一把三尖兩刃刀。

那不是日本國的兵器。

是異國——唐國的兵器。

衆人還來不及眨眼，武士的軀體便卒然大了起來，身高超過八尺。

「晴明，這、這是……」

「是玉皇大帝……天帝的外甥，也是天界的戰神，二郎眞君大人。」

晴明說：「一旁是始終伴隨在二郎眞君大人身邊的哮天犬。」

「什……」博雅話到了嘴邊又嚥下。

「吼！」

哮天犬大吼一聲，朝著庭院方向飛奔而去。

二郎眞君跟在哮天犬後面，重沉沉地咚咚踩著地板走去。

晴明和博雅、綱之也跟在其後。

帶頭奔至庭院的哮天犬，跳到揮舞著白刃的元綱身邊，撲向一般人雖看不見，但可能存在著的敵手之處，朝半空咬了上去。

結果——

「啊！」博雅叫出聲。

原來在元綱眼前出現了一條長約一丈的黑色巨蟒，正高高揚起牠那鐮刀形的頭頸。

那光景，藉由還留存著亮度的天空反射，以及台階的燈火，飄浮在暮色蒼茫的庭院黑暗之中。

那條黑色巨蟒的頭頸分裂爲四，每個頭頸都是各自不同的人臉。

其中之一是個披頭散髮的女人頭顱。

「我是牛丸。」

「我是小碌啊，元綱大人。」

「我是平太。」

「我是小水鴨。」

「元綱大人……」

「元綱大人……」

「元綱大人……」

「元綱大人……」

四顆頭顱依次開口。

元綱正是朝著他們揮舞白刃。

然後——

哮天犬朝半空咬上去的，正是黑色巨蟒的粗大軀幹。

二郎眞君步下庭院，沉甸甸地一步一步走去。

「哞！」

他喚了一聲，將三尖兩刃刀刺進巨蟒的軀幹。

三尖兩刃刀貫穿了巨蟒軀幹，插進地面，巨蟒一動不動。

「哼！你們這些可惡的傢伙！看我怎樣收拾你們！」

元綱依然不停用刀身砍著一動不動的巨蟒。

「不要再砍了！不要再砍了！父親大人……」

綱之在父親背後倒剪著元綱的雙臂。

元綱以驚人的力量甩掉綱之的手。

「怎麼？綱之，你想阻止你父親的行動？」

元綱雙眼上吊。從額頭溢出的鮮血，滲入他那上吊的雙眼。

「原來你也是仇敵之一……」

元綱哀嘆著，之後突然揮刀砍向綱之。

綱之往旁跳開，但刀身已深深砍進他的右肩。

「父、父親大人……」

元綱打算再度砍向癱倒在地面的綱之時，晴明站了出來，擋在他的面前。

「元綱大人，您此刻打算砍的人，可是您的兒子呀。」晴明說。

「你也是仇敵嗎？」

元綱揮刀砍向晴明。

晴明鑽進刀身底下逃過一刀，元綱又砍了過來。

「看，就這樣！就這樣！」

元綱衝進晴明避開之處，掄著刀身往下一揮，再一揮——

刀身碰觸到二郎眞君和哮天犬，發出唰、唰聲。

接下來的瞬間——

飄忽。

飄忽。

二郎眞君和哮天犬恢復成兩尊紙人偶。

巨蟒也滑碌地動了起來。

「哎呀太高興了……」

「是呀太高興了……」

「元綱大人……」

「元綱大人……」

巨蟒那四張人臉得意洋洋地抿嘴笑著。

巨蟒當下纏上元綱，蛇身在元綱身上繞了一圈，就那樣拖拉著元綱鑽入宅邸地板底下。

「嗚哇！」

地板底下傳出元綱的叫聲，然後靜謐無聲。

過了一會兒，手裡拿著火把的老爺子，戰戰兢兢地鑽進地板底下探看，據說在元綱的臥室寢具正中底下，躺著元綱的屍體，和一條頭頸被撕成四份的黑蛇死屍。

四

黑暗中，有某種東西正在緩緩發酵。

那東西像是樹木的氣味，又像是泥土的氣味，也像是清水的氣味。

白天那充滿熱氣的空氣鬆緩了下來，風，很涼快。

在夜晚的空氣中緩緩發酵的那個東西，成熟了之後，是否會逐漸成爲秋天的景色？

「嘶……」

黑暗中，偶爾會傳出蟬叫聲。

笛音在四周流響。

像是在黑暗中尋找秋天景色那般，笛音看似發出微弱的藍光。

此處是晴明宅邸的窄廊上。

燈台上只點燃一盞燈火，兩人正在喝酒。

喝酒的空檔，晴明要求說：

「笛子……」

於是博雅又吹起了笛子。

一隻不合季節的螢火蟲，雖不知怎麼倖存下來的，正閃爍著黃色亮光，在黑暗中飛行。

從四條的渡邊元綱宅邸回來後，兩人便喝起酒來。

博雅吹了一陣子，擱下笛子。

他望著庭院，低聲開口。

「那樣的結果，眞的好嗎？晴明……」

晴明沒有立即作答。

他端起酒杯，用紅唇含了一口酒，再喝下。

「反正，人活在這世上，就是那樣吧……」

晴明以說服自己般的口吻如此說。

「其實，無論任何人，在臨死之際，都無法迎來自己所期望的人生結尾……」

晴明這樣說了之後，接著輕聲自言自語。

「我也一樣……」

「晴明，元綱大人的死，不是你的責任。」博雅的聲音很溫柔。

「我知道……」

晴明擱下喝光了的空酒杯。

「對了，我想問你一件事……」博雅說。

「什麼事？」

「你於事前判斷那宅邸的妖物是蛇精，這個就不用說了，但你爲何找來二郎眞君？」

「原來是這個？」

「嗯。」

「你要知道，二郎眞君可是懲治妖物的神祇。而且，他最擅長懲治蛟龍。」

「是嗎？」

「要懲治蛟龍，絕對要找二郎眞君。」

「可是，你怎麼知道那妖物是蛟龍……」

「綱之大人不是說了，元綱大人撕裂的那條蛇，額頭上有個隆起的東西嗎？那個隆起的東西，正是活了一百年的蛇，即將長出角，蛻化爲蛟龍時的徵兆。

「是嗎？」

「然後，被殺的那四個冤魂，本來在宅邸那一帶徘徊，後來附在死去的蛟龍身上，打算借用蛟龍的力量，向元綱大人復仇吧。」

「想必他們都死不瞑目吧。」

博雅端起酒瓶，在自己的空酒杯內注酒。

「就算將二郎眞君轉移到紙人偶身上，紙，終究是紙。即便對妖物有效，但被貨眞價實的刀刃砍中了，就會變成那樣……」

「唔……」博雅點頭，接著喝酒。

喝光了杯子裡的酒，博雅擱下酒杯。

「晴明啊……」博雅說。

「什麼事？」

「秋天早晚會來臨……」

「嗯。」

「總不能永遠停留在夏天吧，我們也一樣的。」

「沒錯。」晴明點頭，接著說：「博雅啊……」

「怎麼了？」

「你再吹一次笛子……」晴明如此說。

「好的。」

博雅再度取起葉二，輕輕吹起笛子。

笛音嘹亮地響徹四周。

黑暗中，已經有了秋天的跡象。

嫦娥的瓶子

一

秋蟲在鳴叫。

紫竹蛉[1]、金鈴子[2]、金琵琶[3]、金鐘兒[4]。

各式各樣的秋蟲在秋草中，或在樹枝裡，丁鈴丁鈴地，或者嚕哩嚕哩地，更或者咕嚕咕嚕地鳴叫。

晴明宅邸的庭院正值盛秋。

夜晚——

晴明和博雅坐在窄廊，一邊聽著蟲鳴，一邊閒情逸致地喝著酒。

雖然有時也會有讓人以爲夏天又回來了的日子，但一到夜晚，會吹起涼風，正是那涼風在運送秋天的消息。

庭院如同秋天的原野。

知風草、龍膽、黃花龍芽、桔梗。

遍地長滿了秋草和秋花，開得五彩繽紛。

四周只有一盞燈火。

抬頭仰望，可以看到月亮在屋簷上方的高空閃耀。

---

1 學名Oecanthus longicauda，中文學名「長瓣樹蟋」，日文名「邯鄲」（カンタン：Kantan），蟋蟀科（Gryllidae）昆蟲。

2 學名Paratrigonidium bifasciatum，中文學名「金鈴」，日文名「草雲雀」（くさひばり：Kusahibari），草蟋科（Trigonidiidae）昆蟲。

讓酒杯承接著月光，斟滿著月光，再連同酒一起送至口中。

那是隱約發出月亮氣味的酒。

酒香中，有一種異乎尋常的青白透明的氣味。那氣味極為淡薄幽微，幽微至——只要你認為有就有，認為沒有就沒有的程度。

杯子若空了，候在一旁的蜜夜會伸手取起酒瓶，在酒杯內斟酒。

博雅將空酒杯擱在窄廊上，開口道：

「晴明啊，結果怎樣了？」

晴明先嚥下微紅嘴唇內所含的酒，再反問：

「博雅啊，什麼結果不結果的？」

「我是說月亮。結果月亮有缺口了嗎？」

博雅端起蜜夜幫他斟滿酒的酒杯，仰頭望向天空。

青白色的滿月，正發出銀光。

「再過一會兒。」晴明說。

「你這句話已經說了三遍。你一直說再過一會兒、再過一會兒，可是，你那個再過一會兒怎麼都不來呢……」

「會來。」

3 學名Xenogryllus marmoratus，中文學名「雲斑金蟋」，日文名「松蟲」（まつむし：Matsumushi），叢蟋科（Eneopteridae）昆蟲。

4 學名Homoeogryllus japonicus，中文學名「日本鐘蟋」，日文名「鈴蟲」（すずむし：Suzumushi），蟋蟀科（Gryllidae）昆蟲。）

「所以我在問你，那個再過一會兒到底什麼時候來？」

「再過一會兒。」

晴明擱下酒杯，抬頭仰望月亮。

「晴明啊，迄今爲止，我也看過幾次月蝕現象。可是，每次都是月蝕發生之後才察覺。你眞的可以在事前知道什麼時候會發生月蝕嗎？」

「當然可以。」

「我明白身爲天文博士的你說出這種話，和其他人說出同樣的話時，兩者的分量當然不同，不過，即使那樣，在事前可以知道月亮會出現陰影，並逐漸變暗這件事，畢竟是一件很不可思議的事呀，你不認爲嗎？」

「所謂月蝕，現象本身當然是一件很不可思議的事，不過，於事前預測什麼時候會發生月蝕這件事，則絲毫都不奇怪，也算不了什麼……」

「是嗎？」

「比方說，太陽。」

「太陽？」

「嗯。」

「太陽怎麼了？」

「此刻，太陽隱藏在地底，我們看不到，但我們不是在事前也知道，太陽在明天早上會再度升上來嗎……」

「那不是很正常嗎？太陽在早上升起，在傍晚落下，這不是眾所皆知的事嗎？」

「所以我的意思是，月蝕也一樣。」

「是嗎……」

「博雅，你能不能吹笛子？」

「那倒是沒問題。」

「用你的笛音給月亮增光添彩的話，等你吹完一首或兩首之前，月蝕應該就會開始了吧。」晴明說。

「好的。」

博雅點頭，擱下酒杯，右手伸入懷中，取出葉二。

之前，博雅和朱雀門的妖鬼對吹笛子時，曾經用自己的笛子和妖鬼的笛子交換。那時得到的妖鬼的笛子，正是這支葉二。

博雅吹起笛子。

葉二滑出宛如發光的藍寶石細線。

笛音細線在月光中益發加強亮度，顏色也逐漸轉爲青色。笛音沐浴在月光中，裊裊上升。那光景，彷彿剛出生於這世上的幼龍，在月光中緩緩登天似的。

博雅笛音的最大特色，在於那音色看似擁有形狀，也擁有顏色那般。

「太美了……」晴明發出心蕩神馳的聲音。

那笛音似乎可以讓聽衆的靈魂擺脫束縛，融化於夜晚的大氣中。

晴明閉著眼睛聽了一會兒，再張開眼。

「噢……」他低叫，「開始了，博雅。」

聽到這句話，博雅一邊吹笛，一邊抬起頭。

月亮開始出現缺口了。

「啊呀……」

月亮的邊緣微微出現陰影。

博雅從嘴脣移開葉二，目不轉睛地望著那光景。

「原來是眞的……」博雅喃喃自語，「可是，爲什麼會發生這樣的事？」

「博雅啊，那是因爲太陽掉落到大地的另一側，而上天正在拉長那另一側大地的影子時，月亮恰好進入了陰影之處……」

「你在說什麼？」

「我是說，太陽製造出的這個大地的影子，往上空伸展。那個影子，正在啃食月亮。」

聽晴明如此說，博雅瞬間呆如木雞，但立即板起面孔。

「晴明啊，你到底在說些什麼，我真的完全聽不懂。雖然聽不懂，但是，這光景，實在扣人心弦哪……」博雅飄飄然地嘆了一口氣。

「咦？」

晴明將視線從上空移至地面。

「好像有人來訪。」晴明說。

「我去看看。」蜜夜起身，步下庭院。

蜜夜消失於通往大門的方向，不久，帶著一個人回來。

來人是個未滿二十歲的年輕人。

「在下是道長，久違了。」年輕人行了個禮。

藤原道長——

他是藤原兼家的兒子，和晴明、博雅相識。

「這麼晚了，有什麼事嗎？」晴明問。

「我奉家父之命而來，家父兼家吩咐，今天晚上務必請晴明大人過來一趟。」

「是嗎？」

「由於事情緊迫，家父說，即使晴明大人已就寢，也無論如何都要將他請來，因而我才如此冒昧前來求見。」

道長是個皮膚白皙，臉頰微紅的年輕人。

這個道長，態度和舉止均鎮定得與年齡不相稱，不過，他呼吸急促，臉頰比平時更紅，看來是發生了十萬火急的事。

「是什麼事？」

聽晴明如此問，道長講述起事情的來龍去脈。

二

大約在半個月前——

據說捕獲了一隻兔子。

兼家宅邸西面一角，有一座小觀音堂。
裡面祭祀著高一尺半的玉製觀音菩薩。
某天夜晚——
兼家打算就寢時，不知從何處傳來某種聲響。
像是在搔抓什麼、啃食什麼的聲響。
兼家側耳靜聽，發現聲響傳自庭院。
那時是新月，四周沒有月光，聲響不時自庭院黑暗處傳來。
正是從觀音堂附近傳來那聲響。
「去看看。」兼家吩咐。
宅邸的兩名下人舉著火把挨近觀音堂。
聲響從觀音堂地板底下傳出。
下人蹲下，將火把伸進地板底下，打算觀看到底是怎麼回事時，突然從地板底下衝出某物。
「哇！」
下人之一大叫，不但掉了火把，自己也四腳朝天摔倒在地，另一個比較膽大，撲向那個衝出來的某物，緊緊抱在懷中。

仔細觀看那個被抓住的某物，原來是一隻兔子。

若是平時，頂多說句兔子可能打算在觀音堂地板底下築巢吧，然後任由牠去，但那天夜晚沒有這樣做。

因爲那隻兔子全身蒙上一層黑色的毛，漆黑得如同木炭。

「這太珍奇了！」

兼家當場決定將兔子養在宅邸內。

那天夜晚，暫且將兔子放入木桶，第二天再命人做了一個大竹籠，將兔子放進去。

結果——

發生了希奇古怪的事。

那隻黑色兔子的兔毛，竟然逐日產生變化。

捕獲的第二天，要將兔子放入竹籠裡時，仔細看了一下，那時就發現兔子的右前肢與後肢前端的毛，是白色的。

由於只有小部分是白色的，兼家認爲，可能是捕獲那時便已經是這個模樣，只是當時是夜晚，大家都沒注意到，但是第二天，白色的部分竟然增大了範圍。第三天、第四天，白色的部分更加擴大了。

到了第七天，兔子的右半側肢體的毛全變白了，而且持續擴展範圍；到了昨天，兔子全身的毛幾乎都已經變白了。

因爲竹籠裡沒有脫落的毛，所以並非黑毛和白毛替換，而是黑色的毛變色爲白色。

「眞是奇異的兔子。雖然不知道這是凶兆還是瑞兆，不過，這樣的兔子應該獨一無二。」

喜歡奇珍異物的兼家對兔子變色之事大喜過望，但有件事不知如何是好。

那就是，無論給了什麼樣的食餌，兔子非但不吃，更逐日凶暴起來。

兔子用指甲咯吱咯喳地抓著竹籠，並用牙齒啃咬竹枝。

接著，齜牙裂嘴，如同獅子等野獸那般發出吼聲。

到了今天，據說開口說了人語。

事情發生在今天中午。

「喂，兼家。喂，兼家……」

有人在呼喚兼家。

在兼家宅邸，沒有人敢如此呼喚兼家的。

順著傳來的呼喚聲走去，兼家發現兔子在擱置窄廊上的竹籠中，用兩隻腳站立著，並瞪視著兼家，發出類似怒吼的聲音。

「放我出去！」兔子如此說。

兼家叫來了家裡的人。

在宅邸家裡人的圍觀之下，兔子開口說道：

「已經沒有時間了。快放我出去！如果不放我出去，將造成無法挽回的後果。」

沒有錯，兔子說的果然是人語。

「你在說什麼？無法挽回的後果是什麼意思？」兼家問。

「意思是，我若不回去，我家主人會生氣；我家主人若生氣，會讓這個天地亂亂騰騰。」

「你在大放什麼厥詞？你既然能說出人語，便不是普通兔子，這點我也明白。可是，就這麼個普通竹籠而已，你竟然無法自力逃出，這就證明了即便你是妖魅之類，也沒有什麼了不起的靈力。我偏不放……」兼家說。

「唔嘸，唔嘸。」兔子低吼。

兔子的牙齒嘎吱嘎吱作響，看上去相當可怕。

「我本來以爲你沒幾天便會放我出去，才耐著性子等到今天，可是你根本無意放我走，所以我才開口叫你過來，兼家，你日後千萬不要後悔。」

「絕不後悔。」

儘管兼家這麼說，內心其實也很害怕。

因此，雖然有意放兔子出去，可是放了兔子之後，萬一兔子爲了復仇而作祟，那就更可怕了。

「你家主人是誰？」兼家問。

「不能說。」兔子答。

「不說就不放。」兼家說。

「唔嘸，唔嘸……」兔子低吼。

然後，到了傍晚——

「把晴明叫過來！」

據說是兔子如此指名的。

「土御門大路不是有個名叫安倍晴明的陰陽師嗎？去叫晴明過來！若

是晴明的話，我願意說出我家主人是誰。」

「難道我就不行嗎？」

「說了你也不懂。」

「什麼？」兼家氣憤地說：「你是說，即便你說了我也不懂嗎？」

「就是因爲你不懂，才讓你叫晴明過來……」兔子也不妥協。

到了夜晚，月亮出來了。

是滿月。

兔子在竹籠內倒豎起全身的毛，像獅子那般嚎嚎地咆哮起來。

「叫晴明過來！不把他給叫來，小心我咬死你……」

兔子在竹籠中大吼。

兔子每次吼叫，裝著兔子的竹籠便會輕飄飄浮在半空，就連兼家也不禁心驚膽顫起來，於是對道長下令說：

「去叫晴明過來！」

三

「原來如此，原來是這麼一回事……」晴明說。

「我已經準備好車子了。能不能請晴明大人和博雅大人，就這樣一起隨我去一趟敝宅……」道長說。

「事情便是如此，博雅大人，您意下如何……」晴明望著博雅問。

「唔、唔……」博雅嘟囔著。

「一起去嗎？」晴明再次問。

「嘸嘸……」

「一起去吧。」

「知、知道了。」博雅點頭說：「一起去吧，晴明……」

「走吧。」

「嗯，走。」

事情就這麼決定了。

四

月蝕進行得相當順利。

月亮有一半以上被陰影吞沒，帶著紅色顏彩。

牛車在紅色月亮之下，咕嘟咕嘟向前行駛。

「我說啊，晴明……」

博雅在牛車中不時對著晴明搭話。

「你快告訴我吧。你聽了道長大人的述說後，對事情的緣由多少有些頭緒了吧？」

「有是有……」晴明淡漠地答。

「有吧……」

「說有，倒是有。」

「既然有，那你就告訴我到底是怎麼回事吧。」

「嗯。」

晴明雖然點頭，卻遲遲不肯說出他對事情的料想。

「晴明，你總是這樣擺架子，這是你的壞習慣。」

「我沒有擺架子。」

「你是認爲如果現在說出來，萬一料想錯了，會很沒面子是吧？」

「不，我從來沒這樣說過。」

「有。」

「沒有。」

「沒有的話，你就說給我聽不好嗎？迄今爲止，每次在你擺架子的時候，那些你不肯於事前對我說出的事，應該從來沒有一次料想錯了的。所以你就告訴我吧。」博雅說。

牛車內很窄，晴明想逃也無處可逃。

「既然如此……」晴明低語。

「噢，你願意告訴我了嗎？」

「雖然不知道能不能讓你滿足，不過，我先講羿公的故事給你聽好嗎？」

「羿公？」

「你不知道羿公是誰嗎？」

「不知道。他是什麼人……」

「是唐國一位大人。」

「是嗎？」

「說是唐國，其實是唐國這個國家還未成立之前的上古時代。」

「唔。」

「比唐國更古老的時代，有個名爲帝俊的帝王，其妻名叫羲和……」

如此，晴明輕聲地講述起羿公的故事。

五

帝俊與羲和，膝下有十個火烏兒子。

這些兒子都是太陽。

也就是說，在上古時代，太陽並非只有一個，而是十個，每天早上，這些太陽在東方上空一個接一個陸續升起，導致地界乾旱不絕，大地一片焦枯，農作物全部乾枯凋萎，人們的處境極爲困窘。

這十個兒子本來在天界輪流值日，但在堯繼帝位那個時代，竟然十個同時升上天空，事態十分嚴重。

於是，堯召見了羿，命令他射落天空那十個太陽中的九個。

羿是射箭名手。他完成了堯所吩咐的任務，成功射落九個太陽，讓天空只剩下一個太陽。

但是，失去孩子的上帝不願就此罷休。

上帝剝奪了羿和其妻的神祇資格，將夫妻倆貶爲普通人類。

羿和其妻因而失去了長生不老的能力。

之後，羿迢迢前往崑崙山，向住在崑崙山的西王母求得長生不老藥。長生不老藥盛在水瓶，兩人平分喝的話，只會成爲不老不死的人類而已，但一人全部喝下的話，不僅可以長生不老，還可以再次升上天界成爲神祇。

妻子因爲想獨占長生不老藥，背叛了丈夫羿，帶著藥瓶逃走。

她本來打算返回天界，只是，天界不但有熟人，西王母也會前來。

因此，她逃往月亮，獨自一人喝掉全部靈藥，之後就住在月亮。

六

「總之，故事就是如此……」晴明在牛車內對博雅說。

「喔，我明白了。有這種古老故事是一種好事。可是，晴明，你能不能告訴我，這故事和這次的事件到底有什麼牽連……」博雅說。

「很遺憾。」

「遺憾？」

「車子好像抵達兼家大人宅邸了。」

晴明說完這句話時，牛車已經停止前行。

「請……」車外傳來道長的請喚。

晴明和博雅下了牛車，這才發現原來牛車已經駛入兼家宅邸大門，兼家為了親自迎接兩人，正站在牛車一旁。

兼家本人如此出來迎客，是稀有的事。

「噢，晴明，眞高興你來了。」兼家鬆了一口氣說：「還勞駕博雅大人如此兼程趕來，實在不好意思……」

頭頂上空的月亮已經進入全蝕狀況，泛紅地染上一層令人毛骨悚然的顏色。

不知是不是事先知道晴明和博雅將到臨，四周並列著一群握著火把的男人。

「我想，道長應該已經向你們說明了事情的概要，總之，就是發生了如此這般的事……」

兼家一邊說，一邊催促兩人似的，帶頭走在前面。

這種事例，也是稀有的事。看來兼家十萬火急。

就這樣在庭院往前走了一會兒，來到熊熊燃燒著篝火的地方，那裡擱置著一個足以讓兩個成人伸長手臂合抱的竹籠。

「晴明，就是那個。」

挨近一看，籠子中果然關著一隻兔子。

顏色既非黑色，亦非黑白混合，更非白色。而是紅色。

並且一眼便可看出，不是白色兔毛因火光映照而發紅。

是裹在兔子身上的那層毛皮本身變紅了。

「原來如此。」

晴明挨近籠子，籠子中的兔子察覺到了，竟然用兩隻腳直立起來。

「晴明，是你嗎？你就是安倍晴明大人嗎？」

兔子確實以人的聲音如此說。

晴明站在籠子前，開口發言。

那是詩——晴明用唐國語言吟詠起一首詩。

雲母屏風燭影深，
長河漸落曉星沉。
嫦娥應悔偷靈藥，
碧海青天夜夜心。

聽了這首詩，兔子雙眼撲簌簌地滴落了大顆眼淚。

「噢，這是……」

兔子顧不得擦拭眼淚。

「噢，晴明大人，這是李商隱的詩〈嫦娥〉。您一來便吟詠了這首詩，可見您已經知道了一切吧。」

「並非一切，玄兔大人……」晴明以溫和的聲音說。

「噢，您真是、真是了不起的人。晴明大人，我能想到讓他們去請您過來，實在太好了……」兔子說。

「晴、晴明，怎麼回事？你們到底在說些什麼？我完全聽不懂……」兼家問。

「他是住在月亮的玉兔大人。」晴明說。

「什……」兼家雖然發出聲音，卻說不出話來。

「新月的夜晚是黑色，之後隨著月亮逐漸飽脹，毛色也逐漸轉白，而且會說人語。綜合這些條件，這世上除了玉兔大人，再也沒有其他人了。」

「晴明啊，你到底在說什麼？」博雅問。

「毛色配合新月呈黑色時，稱爲玄兔，毛色轉白時，稱爲玉兔，這兩個稱呼針對的其實是同一人物，博雅大人。」

晴明轉身面向兼家。

「兼家大人，您可以命人打開這個籠子，讓玉兔大人出來了。」

「什……」

「快。」晴明催促。

「打、打開吧。」

聽兼家如此說，道長走過來，抽出佩在腰上的短刀，喀嚓喀嚓地用刀割著籠子的竹片。

不一會兒，兔子便從籠子內爬出。

「晴明大人，托您的福，我終於獲得了自由。」兔子向晴明行了個禮。

「一般樹木是仰賴陽光而成長，但竹子是仰賴月光而成長。來自月亮的人，如果被竹子裹起，必定會因爲竹子的成長而出不來。」

晴明向博雅說明般地開口。

「就如《竹取翁物語》那般，必須由身在竹子外面的我們，主動割開竹子，這樣才能讓裡面的人出來。」

「正是如此。當月亮逐漸飽脹形成滿月時，我的力量也會隨之強大，想弄破這般大小的籠子，其實一點也不費力，只是我萬萬沒想到這籠子竟然是竹製的，完全是意想不到的失策呀……」

「話說回來，您爲何來到此地呢？」晴明問。

「噢，正是這個，正是爲了這件事。」

說此話的玉兔，毛色已經染紅，紅得看似鮮血。

月蝕中的月亮顏色，似乎就是玉兔身上的兔毛顏色。

「我想晴明大人應該知道這件事，羿大人的妻子，也就是嫦娥大人，帶著長生不老的靈藥前往月亮當時，按照這邊的算法，大概是一千數百年前……」玉兔說。

「喂，喂，晴明，這不是你剛才說的那個故事嗎……」博雅在晴明耳邊低聲說。

「好像是。」晴明點頭。

「之後，嫦娥大人一直打算製作新的長生不老靈藥，而我也一直陪在嫦娥大人身邊，幫忙用杵搗藥草……」

玉兔說。

「這次，長生不老靈藥終於即將完成。只不過，靈藥在最後工程必須摻雜一種東西，就是利用月蝕時發出的紅光所製成的一滴亮光。製成後要立刻盛入瓶子，否則亮光的功能會立即失效。因此，我便找出擱在月亮宮殿廣寒宮架子上的螺鈿匣子，從中取出西王母大人當初授予靈藥時所使用的琉璃瓶，打算擦拭乾淨，不料，我沒拿穩瓶子，摔破了瓶子……」

「你說什麼……」發出叫聲的是兼家。

「我做了後果不堪設想的錯事。既然是準備盛長生不老靈藥的瓶子，當然也就不能用普通瓶子。如果不是擁有某種程度的靈力的瓶子，靈藥放入，便會馬上失去其靈力。正當我不知該如何是好時，湊巧月亮升到這個國家的上空，讓我發現了兼家大人宅邸的那座觀音堂。月光自屋頂縫隙射進，我窺視了一下，發現裡面安放著一尊玉製觀音菩薩像，而且，觀音菩薩像手中拿著琉璃瓶。此外，這尊菩薩像和水瓶，都是唐國製作的古董……」

「沒錯。往昔，藤原葛野麻呂大人與空海和尚一起搭乘遣唐使船，渡海出使唐國，回國時帶回這尊菩薩像，現在是我家的傳家之寶。」兼家說。

「那時我想，這水瓶剛好可以派上用場。既然是觀音菩薩握了一千年的水瓶，這世上再也找不到比這個更適合的水瓶了。然後，我選在新月夜晚偷偷降臨地界，打算從地板底下挖洞潛入觀音堂，取得那個水瓶，結果被捕獲，而且還被關進竹製籠子裡，這就是整件事情的來龍去脈。」

「既然如此，那你當初爲什麼不向我說明這些事？」兼家問。

「你們抓住從地板底下爬出的我，那時，如果我說了這些話，你們會相信嗎？大概會覺得很可怕，然後不是殺掉我，就是把我抓去煮熟吃掉……所以我就想，與其被殺，不如等到月蝕夜晚，其間再伺機逃出，沒想到直到月蝕的今天，依舊沒有逃出的機會，我焦急萬分，情急之下，才想起了在天界也很有名的安倍晴明大人的名字。」

「原來如此，原來事情是這樣……」至此，晴明終於點頭。

「我心存歧念，打算擅自偷走貴重水瓶這件事，確實很對不起兼家大人。還有，非常感謝晴明大人。」

玉兔說完，抬頭仰望天空。

「啊……」玉兔發出叫聲。

月蝕即將結束了。

月亮邊緣已經恢復了月亮本來的顏色，正在發出光芒。

「我拜託你了，兼家大人。事情到了這個地步，我已經沒有時間再去尋找適合盛靈藥的容器了，請你把你家的那個水瓶借給我用吧……」玉兔打躬地說：「如果你願意借給我用，我會送一份禮物給你。」

「禮物？」

「我會每年送給你在秋天季節搗出的月亮麻糬。就是用麻糬和水瓶交換，你認爲如何？月亮麻糬雖然比不上長生不老靈藥，但只要一年吃一次，這一年便可以無病消災……至於琉璃瓶的代用品，我們廣寒宮有黃金製的瓶子，待日後我再送過來。」

「好。」兼家點了點頭，「就用我家傳家之寶的菩薩瓶，與月亮麻糬交換吧。」

「感激不盡！」玉兔發出喜悅的叫聲。

兼家立刻親手打開觀音堂，從觀音菩薩像手中取下水瓶，拿到衆人面前。兼家遞出瓶子，玉兔眉開眼笑地抱住水瓶。

「由於事情緊急，請恕我就此告辭。晴明大人，眞的非常感激您。若非晴明大人趕來，我大概也無法如此抱著水瓶返回月亮……」

玉兔再三彎腰行禮地致謝。

「迎接者好像來了。」

晴明如此說後，抬眼望向庭院的草叢暗處，只見那兒有一隻蹲坐的大蟾蜍。

「那麼，告辭了。」

玉兔抱著水瓶，迫不及待地跨上蟾蜍背部。

「呱……」

蟾蜍發出一聲低鳴，慢條斯理地邁出腳步。

從草叢中，步向空中——

蟾蜍在逐漸恢復原狀的月光中，一邊邁著腳步，一邊升往天空。

「多謝眾人關照。待事情結束，我一定、一定會再送禮物過來……」

從高遠的天空降下玉兔最後說的話。

之後，蟾蜍和玉兔的身姿逐漸變小，終於失去蹤影。

三天後的早上，玉兔果然送來了約定的物品。

兼家宅邸大門前，擱著盛有月亮麻糬和黃金水瓶的盤子。

然後——

晴明和博雅宅邸大門前，也同樣擱著盛有月亮麻糬的盤子。

道滿於月下獨酌

一

道滿坐在一株粗大的老楓樹樹下。

那株古木的樹幹很粗，即便讓兩個成人伸長手臂合抱，也不夠長度。

沒有人知道爲什麼在深山中會有這種楓樹古木。

或許正因爲是在深山中才有？

一般說來，深山中的樹木即便有可能長成巨樹，也會因四周的樹木奪走了養分，而無法長成這般粗大。

不過，從另一方面來說，也許正因爲這株楓樹奪走了養分，導致四周樹木稀疏，只有這株楓樹附近，在森林中形成一處可以讓月光自天空灑落的空地。

時值晚秋。

明明無風，罩在頭頂上的楓葉卻不停簌簌飄落。

道滿正是坐在這株楓樹的樹根。

兩條粗大樹根匍伏在道滿左右兩側，道滿看似被那兩條樹根摟住。

夜晚——

抬頭望向天空，可以自染上顏色的樹葉縫隙中，看到閃閃發光的星眼。

道滿眼前燒著一團火堆。

他正在燃燒因枯萎而落地的樹枝和枯葉。

飄落不久的樹葉，因爲還未枯萎，含有大量濕氣。道滿丟入火堆中的是飄落已久的落葉。

潮濕的泥土氣味。

還未完全枯萎的落葉氣味。

那些在今後將腐朽的東西的氣味，與埋在其底下已經腐朽的東西的氣味，摻雜一起，隨著深山的時辰而逐漸融化。在山裡，這種逝去的時辰層層累積相疊一起，混雜在深山的氣味中。

道滿一邊呼吸著盤古深山的時辰，一邊喝著酒。

他將足足有一升酒的瓶子，擱在火堆旁的泥地上，再倒出瓶中的酒，用手中的土器酒杯自斟自飲。

酒精已經滲入道滿全身的骨頭。

道滿的表情，看似有點孤獨且悲傷。

他將酒杯運到口中，喝乾裡面的酒，然後輕微吐氣。

「呼呼……」

接著抬頭仰望月亮。

隔著楓樹樹梢，月亮發出亮光。

那是將逐漸升至高空的月亮。

道滿面向月亮，發出叫聲。

「嗬！」

「嗬！」

道滿兩次發出叫聲，接著再度於空酒杯斟酒。

就在道滿張嘴含著酒時，對面的樹叢傳出唰、唰聲。

從樹叢中出現一隻黑色小動物，沙沙踩著落葉，用兩隻腳站在道滿面前。

是一隻巢鼠。

「您叫我了嗎？」巢鼠問。

吱吱吱吱吱。

聽起來彷彿只是在吱吱叫，但仔細聽，又好像確實是在那樣問。

「無聊死了，你跳舞吧……」

道滿一邊在空酒杯斟酒，一邊如此說。

「遵命。」巢鼠點頭，「可是，若要跳舞，最好還是有點音樂。」

巢鼠如此說後，露出白色尖牙。

吱咦咦～～～～咦！

吱咦咦～～～～咦！

巢鼠大聲叫了起來。

唰！

唰！

聲音響起，接著又出現了七隻巢鼠，用兩隻腳站在道滿面前。

每一隻巢鼠頭上都戴著某種東西。

仔細看，原來是橡子蒂。

有兩隻巢鼠手持去掉果仁並穿洞的橡子殼。

另有兩隻手持去掉果仁的栗子刺球。

其他兩隻則手持細長青草。

最後一隻不知是不是吃掉了果仁，手持空栗子殼。

而夾雜其間的第一隻巢鼠，將兩片楓紅落葉的莖部綁在一起，再用牙齒各自在楓葉上打洞，之後讓左右手穿過葉子洞孔，穿戴在身上。

當作是穿著一件紅色外衣。

七隻巢鼠有的手持空橡子殼，或將栗子刺球擱在地面，或將細長青草貼在嘴唇，或將空栗子殼置於泥土上，然後雙手握著細小枯枝。

「好了，開工吧。」第一隻巢鼠說。

眼前擱置栗子刺球的那兩隻巢鼠，各自伸手用指甲卡在刺球的刺上，再撥動刺。

咕噔！

琤～

刺球發出聲響。

咕噔！

琤～

接著，咻～地響起用草葉做的口笛聲。

砰砰！

砰砰！

其他巢鼠則用枯枝敲打著空栗子殼。

噓噓……

噓噓……

另兩隻巢鼠也吹起橡子。

咕噔！

琤～

咻～～

砰砰！

砰砰！

噓噓……

噓噓……

穿著紅色楓葉外衣的巢鼠載歌載舞起來。

巢鼠放低腰身，踩著腳步，右轉、左轉地翻轉手掌，歪著頭扭動身子地跳起舞來。

「再熱鬧一點會比較好玩吧……」

道滿在杯子內添了酒，將酒灑在泥土上。

他擱下酒杯，再伸出右掌貼在地面，口中喃喃唸起咒來。

「嗡聽從吾命速速出來諸多種種有生命之物呼—吽。」

結果——

火堆四周的泥土表面，突、突地四處蠕動起來。

原來從地底中爬出數隻蟾蜍。

蟾蜍各自在頭頂上戴著飄落在附近地面的紅黃落葉，用兩隻腳站起，隨著巢鼠的舞步頓足起舞。

而且——

從四周的森林中，出現好幾個頭戴紅色紗帽、身穿白衣的女子，夾雜在蟾蜍中翩翩起舞。

這些妖物，配合著橡子笛、栗子刺球琴、草葉笛、栗子鼓等樂音，在火堆周圍繞著圈子舞動跳躍。

「道滿大人，您來唱首歌吧。」巢鼠開口。

道滿起初有點靦腆，接著說：

「那我就來唱一首……」

道滿竟然出聲唱起歌來，就這個漢子來說，實在稀罕。

月亮也假寐的旅夜露宿
月亮也假寐的旅夜露宿

孤寂淒涼迎晚秋
淚水不絕濡衣袖
黯然心碎之夕暮
璀璨如錦昔日心
也伴黃花共凋敝
人必衰老皆定數

聲音低沉沙啞。

那聲音，響徹月夜的森林。

道滿那雙老邁眼眸，看似微微噙著一層淚水。

林藪寒風秋夜闌
林藪寒風秋夜闌

5 能樂《野宮》歌謠，作者世阿彌元清。素材為《源氏物語．賢木卷》，場所為京都右京嵯峨野野宮神社。故事大意為六條御息所的靈魂，於晚秋某寒風習習的傍晚，出現在嵯峨野野

曾經似錦之繁花
萬紫千紅盡褪色
憶往昔崢嶸歲月
今日草衣徒傷悲
縱使夢回人世間
終歸不是故舊鄉
留連往返恨綿綿
留連往返恨綿綿[5]

道滿唱完後，眼前出現一名身穿青色唐衣的女子。

「噢，妳果然來了，妳果然來了，日女……」

「好久不見……」女子說。

樂音不知在何時已停止，巢鼠和蟾蜍也消失蹤影。

月光閒情逸致地降下，四周只有站在月光中的那個女子。

「道滿大人，您剛才流淚了嗎？」

「妳別胡說，事到如今，我怎麼可能流淚。我可是看盡了這個天地百

宮神社，向旅人僧侶述說往昔曾備受光源氏偏愛，後來失寵，於是陪同出任齋王（巫女）的女兒前往伊勢。六條御息所的靈魂說完這段往事後，消失於神社內的黑木鳥居。齋王出發至伊勢神宮之前，需在野宮神社齋戒三年，因而六條御息所的靈魂才會出現在野宮神社。

態的人……」道滿抿嘴一笑。

「說的也是。」女子微微一笑。

月亮剛好升至高空。

「妳來陪我喝酒吧。」道滿說。

「是……」女子走近，坐在道滿身旁。

女子取起酒瓶，對著道滿遞出。

「請……」

「噢。」

道滿端起酒杯，女子在杯子內倒酒。

「喝吧。」

道滿朝女子遞出喝光的空酒杯。

「是。」

女子接下酒杯，道滿爲她斟酒。

女子用雙手捧著酒杯送至口中，喝乾了酒。

「很好喝。」女子歡喜地說。

接著，道滿又喝了酒。

「您看上去很不錯。」女子開口，「雖然老了一點，但看上去仍很硬朗……」

「地獄那些獄卒，大概都望眼欲穿地一直在盼著我快點去，但不知爲何，我卻像亡靈那般仍待在這個人世徘徊不前……」道滿說：「我活了九十年，一百年，一百二十年了嗎……我已經不再去數算自己的年齡了。妳看，皺紋也增添了這麼多……」

「您仍是一表人才。」女子笑道：「您這樣每隔八年都來看我，我很高興。」

「多虧了月亮和星辰的循環。若不是這個日子，這個時刻，我們就無法相會……」

「是。」女子點頭。

「妳永遠都那麼年輕。」道滿說。

「那是當然的，我不會老去呀。」女子浮出看似有點寂寞的表情。

「只有我老了……」

「我很想與您一起老去……」女子用衣袖捂住眼角。

「六十三年，喔，不，是六十四年前嗎？」

「是。正好是八、八、六十四年前的這天，月亮也一樣是滿月。正是在這株楓樹下……」

「只有我活下來了……」道滿輕輕地搖了搖頭。

他那雙凝視著女子的眼眸，積存著眼淚。

女子再度用袖子捂住眼角。

「我們相處的日子雖然短暫，但我當時很幸福……」女子的聲音溫柔無比。

「妳過來……」道滿說。

「是。」女子往前膝行，倚在道滿身邊。

「躺下。」

「是。」女子將頭靠在道滿胸前。

「原諒我。我很想早日去妳那邊，無奈我這條命怎麼也走不到盡頭。」

「您不用自責，我會永遠停在這個年齡等您來。」

「其實多少……」

「多少？」

「雖然我已經到了隨時都可以死的年齡，只是在這個人世，多少仍留有一些有趣的物事。」

「什麼物事呢？竟然能讓您說出這種話……」

「就是說，像我這樣的人，偶爾也有可以一起喝酒的對象。」

「是嗎？對方是誰呢？」女子問。

「是個漢子。」道滿答。

「漢子？」

「嗯。」

道滿的嘴脣微微浮出看似害臊的笑容。

「那人是個好人吧？」

「這個嘛，不好說……」道滿伸出手臂摟住女子的肢體。

二

第二天早晨——

道滿醒來時，手臂摟著楓樹樹根那個年久生苔、大小如人頭那般的圓形墓碑。

道滿緩緩站起。

他腳下掉落著兩片有孔的葉子。

栗子刺球。

橡子蒂。

穿洞的橡子殼。

去掉果仁的栗子。

此外，地面還躺著幾根紅色菌傘的毒蠅傘。

附近有一堆燃燒過的火堆灰燼——

道滿望著這些東西，低聲自言自語。

「隔這麼久了，還是到土御門大路那邊看看吧。」

之後，道滿在斜斜射進森林中的旭日陽光下，慢條斯理地邁出腳步。

鑽圈觀音

一

兩三天前，庭院的梅花只開了一兩朵，不料今天突然紛紛攘攘地綻放起來，這顯然是春天的兆頭。

在燦爛的陽光中，每根樹枝都開出十朵有餘的梅花，花朵四周更鼓起了數不盡的幼兒指尖那般大小的花蕾。

甘美的梅花香味，與風融合一起。

坐在窄廊面向陽光的話，會覺得完全是春天的感覺。

晴明和博雅在面向陽光之處擱著圓坐墊，坐在其上，不久前就喝起酒來。

偶爾，起風時，濃淡不一的梅花香味，會傳送到兩人的鼻孔。

那是因爲空氣中有濃淡不同層次的梅花香味，由於起風而攪亂了層次。

「這簡直就像是樂音……」

博雅手中端著盛著酒的酒杯，以陶然自得的聲音說。

他的意思是，宛如用鼻子在聆聽梅花香味的濃淡以及強弱。

「有道理……」晴明點頭，「博雅啊，原來你把香味當作樂音在聆聽嗎？」

晴明如此說，將杯中的酒送至口中。

喝光後，他緩緩將杯子擱置於窄廊，再低聲自言自語。

「唔，反正都是一種咒……」

「咒？」

「沒錯。」

「到底什麼是咒？」

「我是說，咒和咒，可以輕易交換。」

「什麼？」博雅大叫，接著馬上說：「沒什麼，算了。」

博雅左右搖頭，喝乾了杯子裡的酒。

「錯的是不小心發問的我。你忘了剛才的問題吧……」

博雅將空酒杯擱在窄廊。

「這有什麼不好？隔了這麼久了，你就讓我說說有關咒的話題吧。」

「反正我聽了也聽不懂。」

「不，你聽得懂。」

「就算我聽得懂，每次聽你說完咒的話題後，我當時的那份好心情都會消失得無影無蹤。所以我寧願聽不懂。」

「那也無所謂，你就讓我說吧。」

「晴明啊，你這是在拜託我嗎？」

「唔，嗯。」

「是嗎？既然是晴明你在拜託我這個博雅，那倒是可以聽聽。」

博雅舉起瓶子往杯子內倒酒，津津有味地望著晴明。

「怎麼了？不說了嗎？」博雅端著盛著酒的杯子問。

這兩人像小狗那般在嬉戲。

「我突然不想說了。」

晴明轉頭面向庭院。

可以看到在陽光中盛開的梅花。

「沒關係，你說說看。快說吧，晴明……」

博雅還未說完，「好，」晴明便點頭，「那我就說了。」

晴明再度轉頭面向博雅。

「啊！」博雅叫了出來。

「說起來，人們認為樂音聽起來很舒暢，或認為梅花香很好聞，這兩種現象，其實都是一種施法於內心的咒。」晴明說。

「唔……」博雅頓住端著酒杯的手的動作，低聲哼唧。

明顯是一副上當了的表情。

喝了一口酒後，博雅將仍殘留著酒的杯子擱在窄廊。

「所以那又怎麼了？」

「換句話說，我們不但可以視梅花香為樂音而聆聽，也可以視樂音為香氣四溢的梅花香而聞之，博雅……」

「那又怎麼了？」

「我的意思是，類似這樣即便不是相似的物事，而是相反的物事，只要是咒，便能輕易地讓其互相瓜代。」

「什麼？」

「例如，有人非常思念另一個人，思念得太過分，那麼，在那個人的內心，這份思念感情很容易變化為憎恨感情。」

「晴明啊，既然是這種變化，你不用特意提出咒，我也會明白的。」

「是嗎？」晴明深感興趣地望著博雅。

「你在看什麼?」

「這麼說來,博雅啊,你的意思是,你自己也體會過那種感情了嗎?」

「你在胡說什麼?我什麼時候說過這種話了?」

「正是此刻……」

晴明如此說時——

蜜蟲出現在窄廊,正往這邊走來。

來到兩人面前,蜜蟲行了個禮,開口說道:

「有客人來訪。」

二

訪客是一位看上去四十出頭的女人。

她跟在蜜蟲身後過來,坐在窄廊上,與晴明和博雅會面。

「我名叫稻生。」女人行了個禮,如此自我介紹,「在西京蓋了一座小茅廬,住在那裡。」

身上的穿著雖然相當舊了，但還不到簡陋的地步。

坐下時的動作和端坐時的坐姿，都有一種無以形容的大家風範。

「我在那座小茅廬服侍我家小姐，我家小姐出身高貴門第，今年已二十八，名叫綾子……」

「請大人救救我家綾子小姐。」

這女人——稻生，似乎有什麼急不可待的心事，說話時有點快。

「那麼，您今日來此，有何貴幹呢？」晴明問。

「救？」

晴明如此說，再飛快地瞅了博雅一眼。

博雅對稻生所說的話似乎也產生了興趣，用眼神「嗯」地回了晴明一眼，當作點頭。

「是。說實話，最近我家綾子小姐的樣子很奇怪。」

「是嗎……」晴明將視線從博雅身上移向稻生，接著問：「到底是怎麼樣的奇怪？」

「是。」

稻生收回下巴地點頭，對著晴明和博雅，開始講述事情的來龍去脈。

三

綾子以前住的宅邸，從朱雀大路來看的話，是位於三條大路的東側，鴨川以西那一帶。

與綾子有血脈關係的人，除了住在同一所宅子的母親，以及在宮中典藥寮[6]有相當高地位的父親而已，十年前，父親和母親相繼患上流行性疾病而過世，因而綾子小姐在這世上已沒有任何骨肉至親。

那時，正好有個男人與綾子交往，靠著那男人送來的饋贈，好不容易才維持著家裡有四名下人的生活，不過，由於膝下無子，三年前起，這男人逐漸疏遠，不大來走動；兩年前起，甚至連綾子遣人送去的信件也懶得回，自然而然，男人也就不再送來任何物品。

聽說，那男人移情別戀，與其他女人交往，並與對方有了孩子。

所幸綾子多少有點積蓄，但積蓄逐漸減少，在宅邸服侍的下人也隨之一人、兩人地離去，到了最後，留在綾子身邊服侍的人終於只剩下稻生一人。

三條的宅邸只剩下兩人之後，便感覺宅子太大，家裡過於寬敞，反倒

6 典藥寮：擔任診療、調劑，並管理藥園的部門。

不好居住。再說，積蓄也漸漸減少，於是兩人下定決心賣掉三條的宅邸，大約在一年前搬到西京。

附近只有幾座連盜賊也不願來過夜的破寺院，綾子和稻生正是在那裡蓋了一座適當的茅廬，開始過著新生活。

然而，綾子在搬來那時，便已經患上了心病。

她因爲過於癡心等待那個不再前來的男人，對其他男人送來的情書或詩文，一概視而不見，過著每天只翹首盼望男人來訪的日子。

搬到西京之後，只要聽到風聲，或聽到在院子搖曳的胡枝子碰觸牆壁的聲音，都會起身觀看外面地說：

「那人來了……」

雖然四季的變化和當季盛開的鮮花，可以讓綾子得到些許安慰，但她幾乎終年都過著鬱悶的日子。

大約在半個月前，綾子開始說些奇怪的話。

半個月前那天早上——

「哎，稻生啊……」綾子向稻生搭話，「昨晚，觀音菩薩大人在我面前顯靈了。」

仔細觀看，可以發現綾子與平時不一樣，嘴角微微掛著笑容。

「然後呢，觀音菩薩大人對我說，她聽到了我的哭聲……」

事情是這樣的——

四

「我聽到了妳的哭聲。妳到底爲何每天哭泣呢？」

據說，在綾子面前顯靈的菩薩這樣說。

綾子向菩薩述說自己哭泣的原因。

「哎呀，妳眞是受了天大的委屈了。想必妳一定很傷心吧。」

父親死了，母親死了，男人不再來訪，在宅邸服侍的下人也一個接一個離去，最後終於搬到這荒涼的西京，住在人跡罕至的茅廬。

往後，年紀越大，容姿越衰老，是不是所有男人都會不屑一顧？

這樣下去的話，將來該怎麼辦？

雖然稻生對自己很好，但是，稻生的年齡比自己大。將來，大概也是稻生先走一步吧？到時候，自己將孤身隻影地活在這世上，除了一死了之，再也沒有其他選擇——
聽了綾子訴說心中所懷的種種怨恨後，菩薩開口：
「眞是悲慘的命運啊。」
綾子說，菩薩說了這句話後，便消失了。
稻生認爲，那是綾子的夢境。
不過是觀音菩薩出現在綾子的夢中而已。
可能是每天都過著痛苦不安的日子，綾子承受不起，不知不覺中便做了觀音菩薩顯靈的夢吧。
稻生這麼認爲，結果五天後，也就是十天前的早上——
綾子再度說出類似的話——稻生對晴明和博雅如此說。
「我又和觀音菩薩大人見面了……」綾子說。
「這次你們說些什麼話了呢？」稻生問。
「我每天都懷著忿恨之心，這樣的我，死後是不是不能前往極樂世界呢？」
據說綾子如此問顯靈的菩薩。
「沒那回事。」觀音菩薩答，「佛祖慈悲廣大無邊，無論任何人，佛祖都會伸出援手的。」

綾子說，菩薩如此向她說。

稻生認爲，這次也是夢話。

可是，三天前——

「稻生啊，昨晚，觀音菩薩大人給了我一件好東西……」

據說綾子竟說出這樣的話。

「既然妳那麼不安，我給妳一件好東西好了。」菩薩對綾子說。

「什麼東西？」綾子問菩薩。

「就是掛在我脖子上的這個黃金圈。」

「黃金圈？」

「就是這個。」

觀音菩薩取下掛在自己脖子上的黃金圈。

「我之所以能往返人世和極樂世界，正是因爲有這個圈子。」

菩薩如此說，將那個黃金圈交給綾子。

「來，妳把頭鑽進那個黃金圈看看。只要鑽過去，對面就是極樂世界了……」菩薩說。

綾子試著把頭鑽進手中那個圈子，只是無論如何也鑽不進去。那圈子比綾子的頭部小，看來怎麼鑽也鑽不進去。

「既然如此，我明天再準備一個更大的圈子來。」菩薩這麼說。

正是自此時起，稻生覺得事情有點怪。

第二天早上——

「我還是不能鑽進那個圈子。」綾子對稻生如此說。

接著是第三天早上——

「圈子好像變大了一些，再過不久，應該可以鑽進去了。」綾子欣喜地向稻生報告。

這已經不是夢了。

稻生確信——綾子身上一定發生了什麼事。

倘若是做夢，不可能每天晚上都做著類似的夢；若說是做了相同的夢，卻又好像一步一步在進行著某事。

於是，稻生決定當天晚上不睡，打算偷偷觀察睡在對面的綾子。

深夜，裝作睡著的稻生，在黑暗中數著綾子的鼾聲，中途，那鼾聲產生了變化。

同時傳來衣服摩擦的聲音。

綾子看似在黑暗中起身離床。

先是綾子站起的動靜，繼而傳來綾子走向這邊的腳步聲。

然後，那腳步聲在裝睡的稻生的枕邊止步。

從動靜判斷的話，綾子好像彎下了身子，自上方俯視著稻生。

稻生以爲綾子看穿了稻生在裝睡，嚇得失魂落魄。

綾子聽了一陣子稻生的鼾聲之後，就那樣無言地走出去了。

到底發生了什麼事——

稻生也起身離床，追趕在綾子身後。

綾子在蒼白月光中靜默前行。

那個腳步聲，聽起來踉踉蹌蹌。

這到底是怎麼回事？

稻生心想，綾子可能受到什麼蠱惑了。

綾子在緊鄰茅廬一座破寺院山門前停住腳步。

那座破寺院的瓦頂板心泥牆已倒塌，山門也傾斜，大部分瓦片也掉落了，可以看見空隙處長出枯草。

稻生想要出聲叫住綾子時，綾子已經穿過山門，跨進寺院。

稻生慌慌張張跟著綾子穿過山門，見到裡頭有一座坍塌的正殿，綾子正站在登上正殿的階梯前。

階梯有一半因腐朽而壞掉，沒有坍塌的地方，則看似只要有人踏上去便會折斷那般。

綾子邁出腳步，打算跨上階梯，稻生情不自禁出聲大叫。

「危險！」

「啊！」

稻生跑過去，從背後抱住綾子。

綾子發出叫聲，但稻生仍不顧一切地抓住綾子的手，將綾子拉出寺院，硬把她拉回到茅廬。

一回茅廬，綾子便睡著了。

稻生擔憂又會出什麼意外，就那樣不眠不休地坐在綾子枕邊直至天亮。

待太陽升起，綾子醒來時，綾子又恢復爲平時的綾子，即使稻生問她，她也完全不記得昨晚到底發生了什麼事。

因此，稻生暫且放下了心。

看來，綾子確實被某種東西附身了。

只是，無論那附身之物是狐狸之類或其他妖物，總不可能在有陽光的大白天使壞，於是稻生向綾子說：

「我出去一下。」

這是今天早上的事——也就是不久前的事。

「我會馬上回來……」

稻生讓綾子留在茅廬，出門後便直接前來登門拜訪。

「我便這樣直接上門拜候了。」稻生對晴明如此說。

五

「原來如此，原來是這麼一回事……」晴明點頭，「那麼，我們得抓緊時間了。」

晴明還未說畢，便站起身。

「抓緊時間？」

稻生受晴明影響地抬起腰身。

「附體在綾子小姐身上的那個東西，爲什麼不附在妳身上，而要附在綾子小姐身上呢？」

「這個……」

「妳們兩人明明住在一起，但那東西卻附在綾子小姐身上。這當然也可以說是偶然所致，不過最有可能的解釋是，比起妳，那東西和綾子小姐之間有一種可以共鳴的管道。」

「那、那是……」

「也就是說，那東西和綾子小姐已經結下了緣分。」

聽晴明如此說，同樣抬起腰身的博雅插嘴問：

「結果，到底是怎麼回事？晴明啊，我也很想知道……」

「簡單說來，就是即使是白天，即使有陽光照射，綾子小姐也處於十分危險的情境。」

「什麼？」

博雅也在原地站了起來。

「您說什麼？」稻生也站了起來。

「我的意思是，我們必須抓緊時間，盡快趕到西京。」

「嘸。」博雅屏住了氣。

「既然事情到了如此地步，博雅大人，您一起去嗎？」晴明問。

「唔，嗯。」博雅點頭。

「走。」

「走。」

事情便這麼決定了。

六

晴明和博雅在西京那座稻生和綾子居住的茅廬前，下了牛車。

「綾子小姐！綾子小姐」

稻生搶先一邊大喊，一邊衝進茅廬。

晴明和博雅跟在稻生身後。

進入茅廬後，稻生說：

「綾子小姐不在家，哪裡都找不到……」

稻生回頭望向晴明和博雅。

晴明也與博雅同時環視了茅廬內部。

「果然不在。」晴明簡短說道。

「小姐到底去哪裡了呢？」稻生驚慌失措。

「妳剛才說的那座破寺院，是在隔壁吧？」

「是。」

「那我們馬上過去。」

在稻生的帶路下，晴明和博雅穿過緊鄰茅廬那座破寺院的山門。

果然如稻生所說，正面有座傾斜的正殿。

「進去吧。」

晴明走在前頭，三人依次登上因腐朽而即將斷裂的階梯，跨進正殿。

一進入正殿，晴明便「嘸」地發出叫聲。

「啊！」跟在晴明身後的稻生也發出叫聲。

與稻生一起跨進正殿的博雅，也看到了那個光景。

正殿的地板，四處都因腐爛而垮掉了。

天花板也掉了，午後陽光從空洞射進正殿。

綾子恰好站在陽光中。

祭壇上安放著一座已爛掉一半的木雕觀音菩薩像。

綾子站在觀音菩薩像前——也就是祭壇邊緣，雙手握著圈子。

她正要伸長脖子鑽進那個圈子。

那個圈子是用繩子製成，垂掛在天花板上的屋梁。

原來綾子此刻正打算上吊。

「不行！」

晴明拔腿狂奔。

當晴明登上祭壇時，綾子已經將脖子鑽進圈子中。

當綾子踢了一腳祭壇邊緣，身子浮在半空那時——亦即在綾子的體重即將懸在繩圈之前的那瞬間，晴明便抱住了綾子的肢體。

「晴明！」

隨後登上祭壇的博雅，從懷中取出小刀，割斷了繩子。

綾子被抬下祭壇，人躺在正殿的地板上。

她那瘦長脖子上的繩子，已經被取下。

「綾子小姐。」

稻生呼喚，綾子張開眼睛。

綾子目不轉睛地仰視著稻生，開口說：

「稻生啊，我剛才只差一點點就可以鑽過那個圈子，前往極樂世界了……」

綾子如此說後，這才察覺到晴明和博雅的存在。

「稻生啊，這兩位大人是誰呢？」

綾子問道。

「是土御門大路的安倍晴明大人，以及源博雅大人。」

「哎呀！」

「是我請他們過來的，正是這兩位大人救下了綾子小姐。」

「救下了我？」

「是。」

稻生點點頭。

「接下來……」

晴明左手拿著繞成圈子的繩子站起身。

「必須避免類似的事件於往後再度發生。」

晴明如此說後，伸出右手兩根手指抵著繩子，再低聲唸著某種咒文。

唸完後，晴明用雙手拉開手中的圈子，舉高至眼前，再鬆開雙手。

圈子停留在半空，沒有掉落。

就在眾人的注視之下，晴明面前出現了一道人影。

那道人影，起初很淡薄，之後逐漸加強濃度，最後形成一個披散頭髮的女子身姿。

那女子膚色發青，嘴唇發黑，雙眸發出綠光。

女子的脖子，懸掛著晴明方才鬆開的繩圈。

她咯吱咯吱咬著牙齒。

「畜牲！再差一步就能讓那個女人成爲我們的人了……」女子聲音嘶啞，「到底是誰壞了我的事……」

聽女子如此問，晴明開口：

「我是土御門的安倍晴明。」

女人不明所以地歪著頭，接著看似想起了某事地說：

「你是陰陽師……」

「是，」晴明點頭，之後凝視著女人說：「眞可憐，原來妳一直孤單

一人。」

「啊，是的。我一直孤單一人，守在這裡……」

「妳待在這裡幾年了？」

「十五年……不，是十七年。十七年來，我一直一個人，在這裡迷了路……」

「想必妳很痛苦吧？妳很寂寞吧？所以，妳希望得到一個可以聊天的對象是嗎？」晴明說。

「是的，你說的沒錯。」

女人點頭。

「嗡……」

「嗡……」

女人放聲大哭。

「我是很寂寞。因爲太寂寞，因爲太寂寞……讓我再也忍受不住。我一直都是一個人，結果……」

「妳聽到了那位小姐的聲音吧？」

「是的。大約一年前，我聽到了那個聲音。」

一年前，正是綾子搬到這裡的時候。

「那個聲音，每天晚上、每天晚上，都哭著說很寂寞。那聲音哭著說，她愛上的男人移情別戀了，不再來看她。所以她很痛苦，痛苦得受不了……」

女人看了一眼綾子。

「怎麼？一樣嘛，她跟我不都是一樣嗎？我也是因爲心愛的男人移情別戀，而被拋棄了。正因爲痛苦不堪，十七年前，我就在這裡上吊輕生了……」

女人望向晴明。

「我好不容易才得到這個聊天對象，所以，我每天晚上都向這個女人搭話。起初，她完全無法聽到，直至半個月前，終於可以傳出我的聲音，這個女人也總算可以聽到我的聲音。」

「因此，妳打算召喚綾子小姐過去吧？」

「是的，你說的沒錯。結果，這事被你壞了，晴明……」

女人怨恨地望著晴明。

「往後，妳打算怎麼辦呢？」晴明問。

「什麼怎麼辦？」

「妳仍打算召喚其他人嗎？」

「噢……」

女人發出叫喊。

噢……

噢噢噢噢……

「就我來說，我也不想那樣做。可是，我實在太寂寞了，寂寞得受不了，結果又會想召喚人過來。即便我不想召喚，也會不知不覺地召喚呀。你……」

「是……」晴明點頭。

「你告訴我吧，我到底該怎麼辦？我該怎麼辦才好呢？晴明大人……」女人問。

晴明緘默不語。

「今後，我會變成怎樣呢？」

「……」

「這種情況會一直持續下去嗎？我會一直待在這個地方，一直懷著這種心情過日子嗎？」

「總有一天會消失吧。」

「消失？」

「當這座正殿受風雨摧殘、腐朽了之後，其上長出草叢，樹木繁生，累月經年，光陰流逝，妳內心所懷的那份感情，也會逐漸融化於大自然中。總有一天，妳的那份感情，會與草叢或樹木的氣息合爲一體，然後妳自己本身，總有一天，也將迎來不知道自己到底是青草或樹木的那天……」

「需要多久才會變成那樣？」

「……」

「需要一年？或者是兩年？還是十年？或者需要一百年，甚至兩百年……」

晴明輕微地左右搖頭。

「我也不知道……」

晴明面帶憂容地說。

「你不知道？」

「是。」

「你是說，我的這份悲傷感情，也許會持續一百年、一千年？」

「是。」

「噢噢噢噢……」

女人放聲大哭。

「我受不了！這怎麼可能受得了？拜託你了，晴明啊，你幫幫我吧！你救救我吧……」

「我辦不到。」

「你說你辦不到……」

「是。」晴明點頭說：「我深知各式各樣的陰陽之法，也明白這個天地的道理，明白這個天地是透過五種力量關係而成立。可是，請原諒我，我沒有能力治癒悲哀的人心。」

「爲什麼？晴明，」博雅開口道：「你不是無論任何事都辦得到嗎？對於這樣的事，你不是比任何人都更細心，更能做出各式各樣的事嗎？爲什麼你說你辦不到？你怎麼可能有辦不到的事呢……」

博雅含著一雙淚眼。

「我辦不到，博雅。抱歉，我所擁有的能力，不是那種力量啊……」

「爲什麼你辦不到？晴明，爲什麼你無法拯救這位小姐？」眼淚從博雅的眼眶溢出。

「噢，噢……你願意爲了這樣的我而流淚嗎？你願意爲我而流淚嗎……」女人說。

女人似乎邊哭邊微笑著。

之後——

女人的身影變得淡薄，然後——

呼一聲，女人消失了蹤影。

最後殘留在半空中的是女人的臉和微笑。不過，身影消失後，那臉和微笑也隨之不見了。

繩子飄落在地面。

七

夜晚——

窄廊上擱著燈臺，燈臺上只點著一盞火，晴明和博雅閒情逸致地喝著酒。

夜氣中瀰漫著梅花香味。

「晴明啊……」

博雅將盛著酒的酒杯端在嘴巴前，開口說：

「應該是你故意那樣說的吧？」

「你在說什麼事？」

晴明豎起單膝，背倚一根柱子，望著在庭院黑暗中零零星星發出光芒的白梅。

「你別裝糊塗。我是說，你對那個女人所說的話，說你無法治療人的悲傷感情……」

「我不是故意那樣說，是眞的辦不到。」

「什麼？」

「正因爲如此，才令你那樣出自眞心地同情那位小姐的悲傷情懷，並爲她流了淚。是你所說的話和所流的眼淚，救了那位小姐。救了她的人是你，博雅。」

「難道不是因爲你想讓我說出那些話，而故意安排的嗎？」
「怎麼可能！我說那些話時根本沒有想到這麼多。」
「眞的嗎？」
「嗯。」
「我怎麼樣都不相信，不過……」
「不過什麼？」
「就是你之前說過的話，心和心之間若起共鳴，兩者也會連接起來，這事果然沒有錯。」
博雅以有所感觸的聲音如此說，再喝乾酒杯內的酒。
「結果，那位小姐怎麼樣了？」
「哪位小姐？」
「就是上吊的那位，最後消失無蹤的那位小姐……」
「博雅啊。」
「怎麼了？」
「假設你在吹笛……」
「嗯。」

「就跟你吹出的笛音一樣。」

「跟笛音一樣？」

「在天地間出現了一時，振動了大氣，然後消失。那位小姐所去的地方，和笛音消失的去處，是同一個地方。」

「你的意思是……」

「我的意思是，兩者都融化於這個天地間，返回到輪迴中了。」

「意思是返回到大自然中了？」

「唔，應該是這樣吧。」

「既然如此，那就表示結局不是那麼壞了。人，活在這世上的期間，即便心再怎麼搖擺晃動，只要在最後，總有一天可以回歸到大自然之中的話……」

「嗯。」

「那大概就是所謂的極樂往生吧。」

博雅如此說後，自己點頭「嗯」了一聲，莞爾而笑。

「博雅，你吹笛給我聽。」

晴明望著庭院說。

「就算你不說，我也正想吹笛。」

博雅從懷中取出葉二，貼在脣上，輕輕吹起。

笛音撲簌灑出。

笛音在黑暗中伸展，閃閃發光地裹住梅花，然後融化於風中，宛如要去呼喚春天那般，上升至天界。

魃雨

一

叫麻呂是獵人，在丹波山中過活。

他帶著一隻黑狗進山，靠著捕捉野豬、野鹿、兔子、綠雉等獸類過口子。

有時也會設置陷阱，但基本上都是用弓矢打獵。

進山時，雖然並非每次都能遭逢獵物，但只要碰上野豬或野鹿，叫麻呂都一定可以捕獲，狩獵本事相當高強。

然而——

那時的他已經在山中流連了三天，仍未碰到任何一隻獵物。

別說是綠雉了，就連銅長尾雉的聲音也聽不到。

「到底是怎麼回事？」

大約在五天前，山中發生一場暴風雨，雷聲隆隆，小石子般的雨滴擊打著大地。

梅雨來臨之前，山中氣候有時會鬧得很厲害，即便如此，這回的風雨也太猛烈了。

待暴風雨停止，山中一切都平穩下來後，叫麻呂才帶著狗進入森林。

梅雨來臨之前的山，美不可言。

樹葉不像春天時那般嫩綠，也不像夏天時那般深濃。森林中群聚著形形色色濃淡不一的綠色，充滿著發酵般的樹木氣味。

這種景色雖然令人心曠神怡，但對叫麻呂來說，沒有獵物就很麻煩。

狗的名字叫炭丸。

一般說來，狗的嗅覺比人類出色，連好幾天前野獸走動時所留下的足跡氣味都能聞得出，而這隻炭丸的鼻子比其他狗更靈。

可是——

這樣的炭丸，這回在山中無論走了多久，都沒有任何反應。

由於毫無獵物的跡象，叫麻呂正盤算著要不要歸去。

碰到這種情況，還是老老實實下山，改天再來比較好。

叫麻呂可以在山中咀嚼著乾飯，啃食著乾肉，再摘採野菜，過個十天都無所謂，只是炭丸會沒東西可吃。若是往常，叫麻呂都會給炭丸吃些捕獲的獵物肉，但這回沒有獵物。

「還是回去吧。」叫麻呂望向腳下，對炭丸如此說。

不料，炭丸不在叫麻呂的腳下。

按慣例，炭丸總是跟在叫麻呂的腳下，不然就是在相隔幾步的前頭，邊走邊嗅聞獵物的氣味，到底怎麼了？

叫麻呂回頭搜尋，發現炭丸停留在相隔十步遠的後頭。

炭丸面向左側的森林，低聲發出嗚嗚叫聲。

發現獵物時的炭丸，確實經常如此發出低鳴，但是這回的樣子有點不同。

「怎麼了？」

叫麻呂自然地放低腰身，視線轉向炭丸望去的方向。

叫麻呂立即明白炭丸到底在看什麼。

原來有某種青色物體在森林中移動。

是人嗎？

叫麻呂心中暗忖。

若是人，對方的動作又太奇怪。

而且，很小。

看起來像是一個不到三尺高的小孩子，穿著青色衣服，在森林裡奔

跑——外表看上去是如此。

但是，那動作不像人。

對人來說，那動作太快了。

那物體爬上長著苔蘚的岩石，繼而踩著樹根，一會兒移動到那邊，一會兒又移動到這邊。

隨著那物體的移動，它身上的青色衣服下襬和袖子也跟著翩翩飛舞。

若要比喻為某物，光就動作來說的話，與蝴蝶相似。

眼見它移動到那邊，瞬間又移動到這邊——令人完全無法預測其下一步動作為何。

它的動作宛如在地面移動的青色蝴蝶。

那物體頭上戴著一頂類似烏帽的東西，每逢改變動作方向時，帽緣便會在半空翩翩飛舞。

那物體在樹叢中忽隱忽現。

有時，臉部會朝向這邊。

然後，叫麻呂發現到一件事。

原來那物體臉上沒有眼睛——

它有鼻子，也有嘴巴，唯獨沒有眼睛。

而且，那嘴巴像是用刀劈開般地裂開至耳朵，並且正在笑著。

咯啊啊啊……

咯啊啊啊……

那物體發出這樣的聲音，飛快奔馳。

是妖物。

叫麻呂幾乎要叫嚷出來，打算逃跑，好不容易才按捺住。

因爲無論是走獸或妖物，只要這邊背轉過身欲逃離現場，對方反倒會緊追上來。

在這種情況下，不如壯起膽子，正面與對方戰鬥比較好。

叫麻呂握住弓，架上箭。

他用力拉開弓。

那時——

喀啊啊啊啊……

不知是打算襲擊，或是偶然，那物體竟朝著叫麻呂這方奔馳過來。

汪！

炭丸吠叫一聲，與之同時，弓上的箭也離弦了。
噗哧一聲，箭頭貫穿了那物體的胸口。
那物體啪嗒應聲而倒。
叫麻呂還來不及鬆一口氣時，那物體就又站起。
炭丸像是要阻止那物體再度活動而狂吠不止。
然而，那物體雖然能夠站起，卻再也無法如之前那般快速行動。
它只是慢吞吞地蠕動著四肢而已。
既沒有看似疼痛的樣子，也沒有流出鮮血，只是動作變得比之前緩慢許多。
然後，嘴巴依舊在笑著。
從它的口中可以看到白色的牙齒。
「這到底是什麼東西？」
即便叫麻呂挨過去看，那物體也沒有打算還擊的樣子。
箭頭在青衣上貫穿那物體的胸部正中央。
再仔細觀看，可以看到領子下隆起的胸部。
不管是妖怪還是鬼怪，總之，怎麼看都應該是女人。

由於看上去似乎不危險，叫麻呂決定用藤條綁住那物體帶回村裡。回去後讓村裡人看了那物體，衆人只是驚訝不已，卻沒有人說得出那物體到底是什麼東西。

「生平第一次看到。」

「這肯定是妖物沒錯，但不知道是什麼。」

衆人認爲，或許僧侶知道是什麼，於是帶到附近的寺院讓僧侶看。

「哎呀，哎呀，這種東西，我也是生平第一次看到……」僧侶也有所不知。

叫麻呂無可奈何，只得將那用藤條綁住的物體，拴在自家屋外的樹上。

雖然叫麻呂給予吃食和飲水，但那物體不但不喝水，甚至不吃任何食物。

儘管如此，它看起來也沒有失去氣力。

只是動作變得慢慢騰騰而已。

胸口仍然扎著箭。

叫麻呂認爲，動作變得緩慢應該是因爲箭仍扎在胸口所致，因而也就

沒有拔掉那隻箭。

過了五天，風聲傳到京城；第十天，叫麻呂帶著那物體動身前往京城。

「既然有這種東西，我一定要看看。」

原來是聽到風聲的藤原爲長，遣人傳喚了叫麻呂。

叫麻呂和炭丸一起被帶到藤原爲長宅邸的庭院。

爲長端坐在階梯頂上，左右兩側有幾位公卿，以及幾名身穿黑袍的男人，津津有味地挺出身子，凝望著那物體。

那物體的腰部捆著繩子，雙手被綁在背後。叫麻呂用左手握著繩子另一端。

那物體的胸口仍扎著箭。

體積大約比猴子大了兩圈，但當然不是猴子，它身上沒有任何一根體毛。

雖然頭上戴著烏帽，但烏帽底下的臉，沒有眼睛。臉上只有裂開至耳朵底下的嘴巴，以及鼻子而已。

「那隻箭眞的扎在它的胸口嗎？」爲長問。

「是。」叫麻呂點頭。

「爲什麼沒有死去？」

「我也不知道。用刀子刺，或者砍，確實會流出看似青色鮮血的東西，不過那傷口會馬上癒合，不會死去。」

如果抽掉箭，胸口的傷口應該與刀傷一樣，會立即癒合，很可能一抽掉箭，那物體便會再度抖擻精神地鬧騰起來，所以就那樣一直讓箭扎在它的胸口。叫麻呂如此說明。

又說，之所以把它的雙手反剪在背後，正是爲了不讓它自己用手抽掉那隻箭。

「眞是令人毛骨悚然。這到底是什麼東西啊？」

「我也不知道。」

在爲長的細問之下，叫麻呂詳細述說了與那物體相遇時的經過，以及射箭時的過程，只是，無論叫麻呂描述得再如何詳細，也不表示叫麻呂知道那物體到底是何物。

「它頭上戴著的那個看似烏帽的東西，你摘下看看。」爲長說。

「不，我試了好幾次，每次它都會發出可怕聲音哀嚎不已，所以我從

未摘下過。再說，那烏帽好像戴得很緊，不是輕而易舉便能摘下的……」

「試試看吧。」

聽爲長如此說，叫麻呂伸手去抓那頂看似烏帽的東西。

嘩嘩！

嘩嘩！

啵啵啵啵啵啵啵……

叭叭叭叭叭叭叭……

那物體發狂般地搖頭晃腦，露出牙齒大哭大鬧。

光是看著也會令人覺得很可怕。

「把它按住，強制摘下。」

爲長如此說，幾名下人合力按住那物體，然後自它頭上嘎吱嘎吱地硬摘下了那頂看似烏帽的東西。

摘下烏帽，露出烏帽底下之物那瞬間，下人們隨即大叫出來。

「哇！」

「哎呀！」

下人們一面大叫，一面往旁邊跳開。

原來烏帽底下出現了一顆巨大眼珠。

沒有任何一根毛的那物體的頭頂，有一顆雞蛋大小的眼珠，那眼珠正炯炯有神地瞪視著在場的所有人。

接著，往旁跳開的下人之一，手中所握著的東西，正是一直扎在那物體胸口的那隻箭。原來下人在按住那物體時，剛好握著那隻箭，看到眼珠嚇了一跳時，竟同時抽出了那隻箭。

喀啊啊啊啊啊嗚！

那物體大叫。

綁在它身上的繩子也噗哧、噗哧地斷了。

蟈喔喔喔喔喔嗡……

那物體大叫。

二

夏日陽光火辣辣地照射著庭院的花草。

庭院裡既有已經開花的花草，也有已經凋謝的花草。更有眼下雖然只

有茲葉，但只要過了盛夏，秋天氣息悄然逼近時分，便會開花的花草。

蚊子草。

矮桃。

吊鐘花。

鴨跖草。

現在開得最大朵的是百合。

位於土御門大路的晴明宅邸的庭院，宛如從郊外直接割來一塊野地那般。庭院中既有藥草，也有非藥草的花草。乍看之下，像是任花草自生自滅，不過，晴明似乎多少也有精心布置。

然而，此刻庭院中的所有花草，雖然還不至於枯萎，卻也都奄奄一息，失去了生氣。

在陽光熱氣的烘烤之下，莖葉中的水分，似乎都被外界給奪走了。

地面也乾枯無比。

夜間凝結的幾許露珠，於早上掉落地面，庭院的花花草草似乎就靠著那些露水的濕氣而活著。

「哎，晴明，好熱啊。」源博雅坐在窄廊上如此說。

「確實很熱……」

晴明涼快地穿著白色狩衣。雖然沒有特地顯露出很熱的樣子，但看他有時會用袖子對著臉部搧風，表示他畢竟也感覺到了這股暑熱。

今年的梅雨期乾旱無雨。

雖然也有看似梅雨即將到來的日子，不過，終究還是沒有下雨，接一連三都是晴天。這種氣候已經持續了一個多月。

在晴天接踵而來之前，曾下了一陣大雨，山陵和樹木在那時應該都積存了大量水分，只是，那樣的山陵也早已吐放完積存的水分，目前的鴨川水量，不到往年的一半。

兩人坐在屋簷下的裡邊。要是坐在靠近屋簷的地方會被陽光曬到，根本無法如此刻這般悠閒地喝酒。

他們兩人就這麼喝著酒。

蜜蟲坐在兩人一旁，每當酒杯空了，便會在杯子裡斟酒。

雖然有時會適當地吹來涼風，但涼風不會帶走酒後的醉面潮紅。

「應該等到晚上才喝比較好吧……」晴明低聲自言自語。

夜晚，太陽下山後過了半個時辰左右，白天的熱氣多少也會減低，這

時只要適宜地起風，恰恰可以成爲喝酒的良辰。
然而博雅卻說：
「酒，最好是想喝時便喝。」
於是兩人就喝了起來。
無論如何，總之就是不下雨。
「我聽說各處都發生了爭水問題……」博雅沒喝光杯裡的酒，低聲自言自語。
「好像是。」
「聽說有些稻田因爲太乾涸，地面都出現裂縫了。」
稻田如果還不進水，今年便無法期待可以收割稻子。這樣下去的話，會餓死很多人。
「再說，這味道……」
博雅皺起眉頭，捏住了自己的鼻子。
說起來，鴨川河灘也是丟棄路斃者或舉目無親的死者屍體的地方。
可以在鳥邊野那一帶被焚燒的屍體，處境還算很好，許多屍體都被直接扔掉了。而丟棄屍體的場所之一，正是鴨川河灘。

即便如此，每年夏天都會發生幾次大雨和洪水，適當地沖走被扔在河灘的那些屍體，但一個多月前的那場大雨只下了一陣，雖然讓鴨川河水增多了，卻沒下到足以沖走屍體的程度。

博雅的意思是，在這種豔陽的曝曬之下，那些被遺棄的屍體都腐爛了，臭味甚至隨風傳送至晴明宅邸。

也有人因這場酷熱而死，該人的屍體照樣會被丟棄在鴨川河灘。因此，即便舊屍體被曬得乾巴巴，新屍體也會發出異臭。

「聽說許多寺院在進行祈雨儀式，不過似乎都沒有效驗。」

「晴明，你知道嗎？」博雅望向晴明如此說。

「知道什麼？」

「前幾天，比叡山的豐蓮上人在神泉苑進行祈雨儀式的事……」

「聽說祈雨了五天，好不容易才將烏雲召喚至附近，可是就差那麼一點，結果還是不行。」

「是啊。聽說烏雲下了一兩滴雨水，掉落在池面，卻好像被某種氣息給推了回去那般，又消失了，結果天空恢復成原來的晴天……」

「嗯。」

「聽說駿河、土佐、紀國那一帶，下的雨量還說得過去，偏偏這京城完全不下雨。」

「嗯。」

「你別在那邊嗯個不停，晴明……」

「什麼意思？」

「乾脆讓你來祈雨，你說怎樣？」

「讓我做嗎？」

「是啊。如果是你，再怎麼說都能讓上天下一場雨吧？」

「沒錯。光是祈雨的話，我應該辦得到。畢竟祈雨不是那麼難的法術。」

「你說祈雨不是那麼難的法術？」

「嗯，就算讓你做，你也做得來，博雅。」

「怎麼可能……」

「你只要張口喃喃唸著，然後一直唸到下雨就行了。」

「你說什麼？」博雅嘟起嘴脣，語氣有點發怒，「晴明，你不要開我玩笑……」

「哎，抱歉，博雅。有關祈雨的事，其實已經有人來了。」

「有人來了？」

「嗯。昨天，朝廷遣人過來通告，要我用陰陽祕法進行祈雨儀式，讓上天下雨。」

「你接受了嗎？」

「嗯，不接受不行啊。」

「那麼，什麼時候開始？」

「明天。」

「明天開始？」

「是啊。」

「在哪裡進行？」

「還沒決定在哪裡。」

「還沒決定？」

「嗯。不過，總要去某個地方吧。大概會去……」

「會去哪裡？」

「會去問狗看看。」

「問狗？」

「博雅啊，難道你沒聽說那件事……」

「那件事？」

「嗯，就是藤原爲長大人的宅邸來了個來自丹波的獵人，名字叫『叫麻呂』。」

「噢，就是帶著既不是猴子也不是人類的妖魅來的那個獵人？」

「嗯。」

「可是，狗是……」

「正是那個叫麻呂大人帶來的狗。」

「是嗎？那狗怎麼了？」

「去了就知道。」

「去了就知道？你到底在說什麼？」

「我的意思是，博雅啊，明天你要和我一起去嗎？我這是在邀請你。」

「什……」

「怎樣？博雅，你去不去？」

「唔，嘸……」
「走。」
「走。」
事情就這麼決定了。

三

雖然沒有直接曬到陽光，但走在山中小徑的話，自然而然會出汗。
一行人踏著乾涸地面，踩著樹根和石頭，繼續向前走。
走在最前頭的是一隻黑狗——炭丸。
跟在炭丸後面的是炭丸的飼主——叫麻呂。
晴明和博雅則排成縱隊，彼此忽前忽後地跟在叫麻呂身後。有時碰到小徑變寬，晴明和博雅會並排走在一起。
此處是船岡山——
離開藤原爲長宅邸之後，晴明和博雅仍坐在牛車內，但牛車在山腳附近即無法繼續前行，於是在半個時辰之前，晴明和博雅便下了車，徒步行

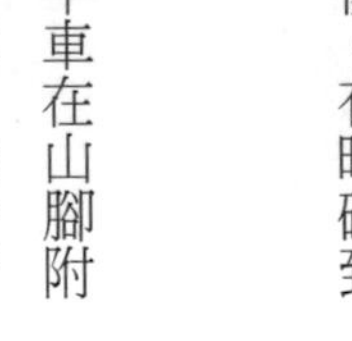

走在這條山徑上。

搭乘牛車時，在前面帶路的是叫麻呂和炭丸。兩人下車徒步行走後，在前面帶路的依舊是叫麻呂和炭丸。

炭丸將鼻子貼在地面往前邁步。看似一邊嗅聞著殘留在地面的某種氣味，一邊追蹤著那氣味。有時，像是聞不到氣味似的停下腳步，然後在四周的地面四處嗅聞，之後又像是找到了氣味的痕跡，再次邁出腳步。

「狗的鼻子很靈。」晴明向走在身旁的博雅說。

大約在一個月前——

叫麻呂帶來的那物體，在胸口的箭被抽出後，當下就大吵大鬧起來，然後越過圍牆逃走了。

那時，炭丸緊緊咬上那物體的左小腿。

那物體讓炭丸的獠牙撕咬下一塊小腿肉後，輕快地跳上牆頭，瞬間就消失蹤影，逃之夭夭。

那時，從被炭丸咬住的小腿傷口，流出看似青色鮮血的東西，那東西滴落在地面。

此刻，炭丸正是在追蹤那氣味的痕跡。

「可是，不是聽說那物體即便被刀刺傷，傷口也會馬上癒合嗎？傷口要是癒合了，不是就不能追蹤那看似青色鮮血的痕跡嗎？」博雅提出十分合理的疑問。

「喔，傷口確實會立即癒合，但在癒合之前，先沾濕了腳。沾濕了腳的那個看似青色鮮血的東西，滴落在地面，氣味也就殘留在地面了。即便沒有血，足跡也會留下主人的氣味。再說，炭丸的鼻子比其他狗都靈。總之，那物體逃掉之後，一直沒有下雨，正好幫上了我們。因爲無論炭丸的鼻子有多靈，只要下雨，那氣味便會消失，我們大概也無法像此刻這般追蹤了……」

「可是，晴明啊，我還是有一件事不明白。」

「什麼事？」

「朝廷請你做的，不是祈雨儀式嗎？」

「是祈雨儀式啊……」

「既然是祈雨儀式，爲什麼我們在做這種事呢？難道這就是祈雨儀式？」

「這應該不是祈雨儀式。」

「那是什麼？」
「這個嘛，到底算什麼呢？」
「喂，晴明……」
「博雅啊，說來說去，只要讓京城下雨就行了吧？」
「唔，嗯。」
「雖然這不是祈雨儀式，不過，我是爲了讓京城下雨才來到這裡。」
「這樣做，就可以讓京城下雨嗎？」
「應該可以吧。我是說，只要事情如我所料那般的話……」
「那你就說說你所料的到底是怎麼回事。我根本就沒頭沒腦，完全不分不曉。」
「哎，博雅，你先等等。」
「等什麼？」
「這問題之後再說。現在似乎是你出場的時刻了……」晴明停下腳步。
「什麼？」博雅也配合晴明停下腳步。
一看，原來叫麻呂在眼前停了下來。

炭丸則在另一邊的岩石和樹木之間轉來轉去，四處嗅聞著那一帶的氣味。

看來，氣味終於斷了。

「不管怎麼說，都表示應該在這附近吧。」晴明低聲自言自語，「我推測是鴨川以西，大井川以東。應該不會往南走，大概會往北，此處正好是我所推測的方向。」

「你所推測的方向？」

晴明不理會博雅的發問，對著叫麻呂說：

「牠好像無法繼續追蹤下去了。」

「好像是那樣……」叫麻呂望著炭丸答：「畢竟是一個多月前的事，氣味好像已經……」

「這樣就夠了。」晴明轉身望向博雅，「你帶來葉二了吧？」

「當然帶來了。」博雅將手貼在胸前。

博雅總是將笛子葉二收在懷中。

「妖鬼贈予的笛子，正適合用來呼喚非陽世者。」

「非陽世者？」

「你能不能在這裡吹笛給我們聽？至於曲子，最好是唐國的古典名曲。有沒有和雨有關的曲子……」

「雨舞樂，怎麼樣？」

「雨舞樂？」

「往昔，安史之亂那時，玄宗皇帝在霸水涉水渡河逃難時，楊貴妃在霸橋起舞的曲子。那時剛好下著小雨，玄宗皇帝即興吹著笛子，楊貴妃隨著曲子起舞。這曲子迢迢傳到我們這個日本國來……」

「就這曲子。」晴明點頭，再吩咐叫麻呂，「你準備好弓箭。」

「弓箭？」

「如果魃出現了，請你把箭射進它的胸部，讓它不能動彈。」

「魃？」

「就是你在丹波山中捕獲的那個不可思議之物的名稱。」

已經從懷中取出葉二的博雅，在一旁聽到兩人的對話，插嘴問：

「喂，晴明，魃是什麼東西？」

「等一下再說明，你先吹笛子。」

聽晴明如此說，博雅瞬間不滿地欲嘟起嘴脣，但拿著葉二的手，已經自然而然地舉高。

葉二被貼在博雅的嘴脣。

樂聲撲簌溢出。

笛音在森林中飄揚。

飄出的笛音，微微染上一層淡色的森林綠，在自樹梢射進的陽光中，看似閃閃發光。

四

博雅忘我地吹著笛子。

他已經失去自己到底爲了什麼而站在這森林中，又爲了什麼而吹著笛子的自覺，只是化爲大自然的一部分在吹著笛子。

就像風吹拂著樹葉而發出沙沙聲那般，猶如大自然的風穿過博雅的身體，讓名爲博雅這個樂器發出大自然的聲響那般。

博雅出神地繼續吹著笛子。

然後——

「來了……」晴明低聲自言自語。

此時，有一種既不像嗓音也不像音響的聲音，從森林深處傳出。

喲嚕嚕嚕嚕嚕嚕嚕嚕……

像是鳥叫聲，又像是從未聽過的某種笛音。

那音調很美。

宛如森林的綠互相搖曳，因彼此碰觸而發出喜悅的聲音……

呦嘍嘍嘍嘍嘍嘍嘍嘍嘍……

那聲音像是在呼應博雅的笛音似地響起。

聲音越來越大。

發出那聲音的物體，似乎正在一步一步挨近。

「就是它……」

晴明如此說時，森林斜坡上方出現了一個飄舞的青色物體。

飄飄。

飄飄。

那物體一邊飄舞，一邊從森林中挨近。

踏著樹根，踩著岩石上的苔蘚，那物體從森林深處逐漸挨近。

果然如之前聽說的那般。

身高不足三尺。

穿著青色衣服，光腳。

臉上只有鼻子和嘴。

頭上沒有毛髮，頭頂有一顆巨大的眼珠。

那物體站在對面不遠處一塊長了苔蘚的岩石上頭，仰面朝天，嘟著嘴脣。

喲嚕嚕嚕嚕嚕嚕嚕嚕嚕嚕……

呦嘍嘍嘍嘍嘍嘍嘍嘍嘍嘍……

正是從那嘟起的嘴脣，滑出美得無以形容，類似笛音的聲音。

叫麻呂打算在弓上搭箭。

「慢著。」晴明出聲制止，「博雅啊，你繼續吹笛。」

晴明留下這句話，朝著那物體站立的岩石方向邁開腳步。

即便看著晴明挨近，那物體也沒有逃走。

原來那物體也正出神地配合著博雅的笛音在鳴叫。

晴明登上那物體所站立的岩石。

儘管如此，那物體依舊沒有逃走。

晴明從懷中取出某物。

然後，輕輕戴在那物體的頭上。

原來是遺留在為長宅邸的那頂烏帽。

即便頭上戴了烏帽，那物體仍舊一副心滿意足、樂不可支的神情，繼續在鳴叫。

博雅的笛音停止時，那物體仍老老實實待在原地。

「神北行……」

晴明對著那物體輕聲如此說時，博雅和叫麻呂正好來到岩石下。

「博雅，你實在很厲害。多虧了你的笛音，結果比我預料之中更輕而易舉就給它戴上了烏帽……」

「你此刻說的比你預料之中——晴明啊，你所謂的預料，到底是什麼樣的預料？」

「喔，那個啊……事後再說明。」

「事後？」

「從剛才起，一直有位大人在旁觀這一切過程。等我問候過那位大人之後，我們再一面喝酒，一面說明。」

「旁觀？」

「請現身吧，一切都結束了。」

晴明仰頭對著上空如此呼喚，頭頂上的樹梢，唰唰地喧鬧起來。

四周在瞬間昏暗下來。

接著傳出類似巨鳥鼓動翅膀的聲音，之後，某巨大物體自上空撥開樹梢飛舞而下。

那是一頭體積約有三匹馬那般大、兩側有翅膀的龍。

龍降落在森林中後，疊起了翅膀。

其上乘坐著一位白髮白鬍的老爺子。

「既然這是所謂的應龍，您應該就是叔均大人吧？」晴明對著老人說道。

「沒錯，你呢？」老人問。

「在下是陰陽師，名爲安倍晴明。」

「吹笛子的是哪位？」

「是那位大人，名爲源博雅。」

聽晴明如此說，老人俯視博雅。

「哎呀，你吹的笛子實在沒話說。其實我並非有意旁觀這一切過程，只是笛音實在太美，讓我聽得渾然忘我了。我不想因爲我的出現而中斷了笛音，那樣就太可惜了。反正那個赤魃也老老實實的，所以我決定等笛音結束再說。」

老人讚嘆地繼續說。

「哎呀，我在赤水之北設置了溝渠，四方圍起，再讓這應龍負責監視，不讓赤魃逃出，只是今年春天，黃沙頻繁飄洋過海至東方，赤魃正是乘著那黃沙而逃出。當時我不在，恰好乘著這應龍前往崑崙山……」

「原來如此。」

「因此，我讓這個應龍出去尋找赤魃，大約一個月前，應龍在此地找到了赤魃。其實只要回去向我說一聲就好了，但這個應龍打算自己帶赤魃回去，赤魃不願意，雙方就鬥了起來。那時，天地應該波湧雲亂，下了一場大雨吧。」

「是。」

「結果，應龍沒法帶赤魃回去，獨自回來時，就換我乘坐應龍前來此地。只是，我得先到天界向天帝報告此事，雖然在天界僅停留了短暫時間，但對人界來說，大約就過了一個月。」

「原來如此，這樣的話，一切就首尾一致了。」晴明同意地點頭。

「赤魃啊，過來吧。聽了博雅大人的笛音，你也應該心滿意足了。我們回赤水吧。」

聽老人如此說，那物體飄然跳到半空。

應龍舉高翅膀，搭載著那物體，那物體再自翅膀跳到應龍背部，剛好落在老人前座，跨在應龍背上。

「晴明大人，博雅大人，歡迎你們隨時光臨赤水。我眞想和你們一起到崑崙山玩，讓博雅大人再度吹笛給我們聽。王母娘娘應該也會大喜若狂。」

西王母是住在崑崙山的仙女。

「你們想來時，只要對著吹向西方的風說：『叔均大人，我們今晚將前去探望。』這樣就可以傳到我那邊了。到時候，我會叫這個應龍來接你們，你們只要乘在應龍背上，一飛就到赤水了。」

「我們很樂意拜訪。」晴明點頭。

「那麼，我就等著你們來……」

老人——叔均說完後，應龍展開翅膀，啪嗒地揮舞著雙翼。

應龍飄然地浮在半空。

接著，劈開樹林裡的樹梢那般，飄浮至森林上空的碧空。

然後，消失在西方天空。

炭丸仰望天空，「汪」地叫了一聲。

五

淅淅瀝瀝地，下著雨。

比蜘蛛絲還要細、柔軟如霧氣的雨，在夜晚的黑暗中，淅淅瀝瀝地下著。

此處是晴明宅邸的庭院。

庭院中可見一隻、兩隻螢火蟲亮光——

這雨，細微得本來在雨中不常見的螢火蟲，也可以那樣飛著。

晴明和博雅坐在窄廊上，一邊喝酒，一邊觀賞在黑暗中飛舞的螢火蟲。

燈臺上只點燃一盞燈火。

每當兩人手中的酒杯空了時，穿著唐衣的蜜蟲便會在杯子裡斟酒。

蚊子草——

矮桃——

吊鐘花——

鴨跖草——

以及，此刻被雨淋得水靈靈的百合，也在庭院的黑暗中，看似淡濛濛地光芒四射。即便在夜晚看不見，也像是可以聞得到那朦朧光芒的芳香。

雨是在傍晚開始下的——晴明和博雅回來之後。

肚子餓得飢腸轆轆時，突然放入大量食物的話，反倒對身體不好。因此，最初只能一點一點攝取白開水或米粥，對乾涸的大地來說，這場細雨似乎就是白開水或米粥。

「不過，晴明啊……」博雅低語。

「怎麼了？」晴明頓住將酒杯送至口中的動作。

「那到底是什麼呢？我到現在仍不太清楚到底發生了什麼事。」

「你是說魃？」

「嗯。你稱那個東西為魃，可是，叔均大人明明稱為赤魃。」

「都一樣。有時被稱為旱母。魃引起的乾旱，就稱為旱魃。」

「那個魃，到底是什麼樣的東西？」

「可能也有人認為是妖魅、靈怪之類的，不過追根究柢，是皇帝之女。」

「皇帝之女？」

「沒錯。東方朔大人所著的《神異經》，記載著『長二三尺，袒身，而目在頂上，走行如風，名曰魃』。確實又記載著，『所見之國大旱，赤地千里』……」

「是嗎？」

「在《山海經》中也描寫著有關魃的事……」晴明說。

《山海經．大荒北經》的內容如下：

有人衣青衣名曰黃帝女魃。蚩尤作兵伐黃帝，黃帝乃令應龍攻之冀州之野。應龍畜水，蚩尤請風伯雨師，縱大風雨。黃帝乃下天女曰魃，雨止，遂殺蚩尤。魃不得復上，所居不雨。叔均言之帝，後置之赤水之北。叔均乃爲田祖。魃時亡之，所欲逐之者，令曰：「神北行！」

「簡單說來，就是黃帝派遣的應龍，和蚩尤召喚的神祇，兩者相鬥而引起了暴風雨。因爲應龍和蚩尤召喚的神祇，都是呼風喚雨的神明，由於鬧得天搖地動，黃帝就降下自己的女兒魃，讓她止住這場暴風雨……」

「是嗎？」

「魃的頭頂有一顆巨大眼珠。因爲沒有眼皮，它不喜歡雨。」

「到底是怎麼回事？晴明……」

「因爲不能合上眼皮，雨滴會直接打中頭頂上的眼珠。它很討厭被雨滴打中眼珠，所以每當雨雲接近，就會從口中吐出熱氣，排除掉雨雲。」

「原來是這樣啊……」

「雖然用刀刺或斬都不會死，但它身上中了箭，如果不拔出那隻箭，傷口便不會癒合，也就無法快速行動。它頭上那頂烏帽，是叔均大人給它戴上的。只要戴著那頂烏帽，便不會被雨滴打中眼珠，所以它雖然討厭下雨，卻還不至於到處亂跑亂鬧。」

「你說過，魃居於鴨川以西，大井川以東。」
「鴨川位於京城東側，大井川位於京城西側。逃掉的魃，不僅討厭雨，也不喜歡水，所以我推測不可能渡過這兩條河。」
「喔，原來如此。」
博雅發出拜服之至的讚嘆，喝了一口酒，接著說：
「可是晴明啊，難道說，人家來拜託你去祈雨時，你當下就想到為長大人宅邸發生的那件事，以及有關魃的事嗎？」
「那還用說？」
晴明點頭，再將頓在半空的酒杯送至口中，喝乾。
「不過博雅啊，比起我，其實你更厲害。你只是沒察覺到自己的厲害而已。」
「什麼意思？」
「我在森林中不是拜託你吹和雨有關的曲子嗎？」
「嗯。」
「自古以來，人們不是都說，龍笛的音色，正是龍在飛舞昇騰時的叫聲嗎？」

「那又怎麼了？」

「你吹的是龍笛……而且，是朱雀門的妖鬼送給你的那把具有靈力的笛子。你用這樣的笛子，吹著落雨的曲子。再說，吹笛者是天下第一的源博雅……」

「所以我說，那又怎麼了？」

「對魃大人來說，那音色相當於雨水。爲了排除雨水音色，我料想它一定會出現，到時候再用弓箭瞄準……」

「原來你打算讓我成爲誘餌？」

「哎，實在很抱歉。不過，你的笛音遠遠超乎我的盤算，魃是被你的笛音所吸引而出現的。雖然這是我的失誤，但結局反倒更好。博雅啊，你實在很厲害。」

「喂，晴明啊，」博雅有點害臊地開口，「平日不讚揚別人的你，突然說出這種話，不是會……」

「會怎樣？」

「不是會令人發窘嗎？」

「你不用發窘，我說的是事實。」

「不是，我很高興，可是晴明啊……」

博雅說話吞吞吐吐的，像是要掩飾這個尷尬場面地擱下酒杯，從懷中取出葉二。

博雅將葉二貼在脣上，輕輕吹起笛子。

雨，一點一滴地，一點一滴地，逐漸增加了降水量。

笛音中，仍有一盞螢火蟲燈火在飛舞。

盜月人

一

在屋簷下抬頭仰望，可以看到滿月散發出令人眩目的青色光芒。

位於土御門大路的安倍晴明宅邸庭院，沐浴在月光之中，宛如海底的景色那般，青得發亮。

晴明和博雅坐在窄廊上，閒情逸致地喝著酒。

燈臺上只點燃一盞燈火。

蜜蟲坐在兩人一旁，每當兩人的酒杯空了時，便會在杯子裡斟酒。

「晴明，你看！」博雅喝了一口杯中的酒，嘆著氣說。

「看什麼？博雅。」晴明頓住打算送至口中的酒杯，望向博雅。

「那月亮簡直就像天之泉。」

「天之泉？」

「月亮不斷灑出藍天的甘露，讓大地上的所有一切都籠罩著那種亮光。不斷灑出，不斷溢出，永無終止。這現象，在我眼裡看來，簡直就像永遠不斷湧出的天之泉。」

「自古以來，人們便認為月亮是長生不老的象徵。」

「嗯。」博雅點頭。

因飽滿，而成爲滿月；因欠缺，而成爲新月；然後，再因飽滿而成爲滿月。掛在天上永遠重複此現象的月亮，正如晴明所說，自古以來便是長生不老的代表。

「這在唐國也一樣。」

晴明將頓在途中的酒杯送至口中，喝乾。

正當蜜蟲在空酒杯內斟酒時——

有一道穿著十二單衣的影子，出現在庭院的月光中。

是蜜夜，她是晴明的式神。

「有客人來訪。」

蜜夜一邊行禮，一邊如此通告。還未說畢，便有人自蜜夜身後出現。

是一名身穿白衣的美麗女子。

年齡大約在二十五歲前後。

「我有事想拜託晴明大人，所以不顧此刻已是深夜，如此前來打攪。請撥冗聽我述說……」

女子急不可待地開口。

「我名叫玉露，晴明大人，請您幫幫我……」

女子似乎在著衣熏染了某種香料，芳香氣味傳到窄廊上。

似乎是麝香香味。

「怎麼了？」晴明問。

雖說今晚月光明亮，但在這樣的深更半夜，女子獨自前來造訪某人宅邸，是異乎尋常的事。

「有位名叫蘆屋道滿的大人，曾向我說，只要去找土御門大路的晴明大人，他會設法解決問題，所以我照著他所說的，一路找來這裡。」

「蘆屋道滿大人……」

「是。」女子點頭。

接著，女子——玉露開始述說以下的內容。

二

玉露現在住在西京。

和一個今年五十歲、名叫紗庭的女人住在一起。

原本住在二條大路東方某棟宅邸，當時家裡的僕人也不少，後來家道中落，便在西京購得些許土地，蓋了一座茅廬，住了下來。

玉露的父親還算是有頭有臉的人物，生前曾在宮中出入，只是十年前因患上流行病而去世，因此家境逐漸陷於貧困，最後宅邸也轉讓給了別人，玉露和原是奶娘的紗庭一起遷移至西京。

就在茅廬附近，有一座名爲西極寺的小小破落寺院，住持等人早就不見蹤影，卻不知爲何，寺院內那尊正尊主佛，三尺高的十一面觀音菩薩木雕像，一直沒有被盜，留在原地，玉露便每天早上都去合掌祭禱。

雖然兩人無能爲力修理寺院，但割除雜草、清掃落葉、供奉野花等雜事，還算力所能及，因而雖是一座破落寺院，這十年來，正尊主佛四周總是一塵不染，非常乾淨。

而且，玉露每隔三天都會拂拭主佛木雕像，不讓其積存塵埃。

迄今爲止，也有過幾名男人頻繁走訪，不過他們都在中途變心，換了對象，不知不覺地，來自男人的送禮也中斷了，兩人靠著變賣搬家時從舊宅邸帶來的一些裝飾品和少許衣物，勉強撐到今日。

所幸茅廬一旁有一小塊菜田，況且玉露和紗庭都不嫌棄手工勞動以及農事，這點也大有助益。然而，可以變賣的裝飾品愈來愈少。儘管如此，由於紗庭多少具有藥草方面的知識，有時會摘採藥草拿去賣，兩人湊合著過，但終究還是會對往後的生活愈來愈感到不安。

不知何時會遭盜賊闖入，家中財物會被搶個精光——玉露因不安而逐漸認爲，若是如此，那乾脆被殺害，或者被賣到哪裡，也總比一貧如洗要好。

然後——

今年的三月。

玉露在寺院發現有人倒臥地面。

早上去寺院時，玉露看到一名男子倒臥在正尊前的地板上。

那人昏迷不醒，玉露用手指觸摸他的額頭，發現燒得簡直會燙傷手指。

她父親也因相似的病情，昏迷了五天就去世了。

玉露與紗庭兩人合力扶著男子回茅廬，用心看護。

第三天，男子恢復神智，問了一下，說是播磨國[7]的人。

男子名叫速男，今年四十歲。

---

7 兵庫縣

速男據說在一家製作針的人家做事，由於有個住在京城的老客戶，因遷任上野介[8]，將離開京城，訂購了一大批貨，速男此趟上京是來送針給客戶的。

速男收下客戶的酬謝，打算返回播磨，途中來到這附近時，突然感覺身體不舒服，在休息的時候，有個男人過來問候，速男便拜託對方給他水喝。但是在喝水的時候，那男人冷不防猛撲過來，奪走了客戶給的酬謝和其他物品，速男身上的所有東西幾乎都被奪走。

那時速男正在發燒，身體很虛弱，意識模糊不清。他走進附近的寺院，就那樣倒下，待他醒來時，才知道自己正在接受玉露和紗庭的照顧。

那個男人——速男的病情遲遲不見好轉。

大約過了十天左右，速男可以離床站起並行走，也可以自己去解手，不過仍無法手持沉重物，也不能走太久的路。他必須回到播磨主人身邊，但身體如此，也就無法起程。在京城唯一相識的人就是那個老客戶，無奈對方已經動身前往上野，眼下只能仰賴玉露和紗庭。

由於家裡多了一個人，每天所需的食物也就比以前增多。話雖如此，畢竟日久生情，玉露和紗庭也不能將速男趕出去。

---

8 群馬縣。上野（群馬縣）、上總（千葉縣）、常陸（茨城縣）三國是「親王任國」，亦即親王的領地，只限親王有資格就任，相當於縣長的「守」，因此這三國的輔佐職「介」，相當於其他國的「守」。

速男額外帶來的針，因爲沒有被奪走，留在身上，三人便靠著變賣那些針以換取食物，勉強熬了過來，但那些針也愈來愈少。

最後可以求救的，也就只剩神佛了。

因此，玉露便朝朝暮暮奉上極少的供品，對著寺院的觀音菩薩祈禱速男能早日痊癒。

說是供品，晚上供奉的東西並非在早上就會消失。到了早上，玉露總是將前一天晚上供奉的東西，當作神佛賜予的再帶回家吃，因而即便每天奉上供品，家裡的食物也不會減少。

大約在三個多月前——

到東市去賣針的紗庭，帶回了盛著米和酒的瓶子。

紗庭認爲，雖然玉露和自己都不喝酒，但如果讓速男喝，或許可以讓他的身體健康起來，因而用針換取了米和酒。

「說起酒，也有人說是百藥之王，請喝吧。」玉露向速男勸酒。

「很遺憾，我不會喝酒。不過，既然是想讓我健康起來，那麼，雖然不知道神佛會不會喝酒，但能不能請妳代我供給西極寺的觀音菩薩……」

速男說。

「既然這樣……」

玉露便將盛著酒的瓶子，整瓶直接供在西極寺的十一面觀音雕像前。

雖然不太清楚佛教的神明喝不喝酒，但人們經常供上名爲御神酒的酒給神道的神祇。玉露認爲，既然神道的神祇會喝酒，佛教的神明應該也會喝酒。

「請神明保佑速男大人可以早日痊癒。」

玉露向觀音菩薩合掌禱告，回來時已是傍晚。

第二天早晨——

玉露到西極寺一看，發現昨晚供上的那瓶盛著酒的瓶子，竟然不翼而飛了。

「奇怪……」

難道說，神明眞的喝掉了供上的酒？

懷著如此想法、再仔細觀看觀音菩薩的臉，好像確實有點泛紅……

此時——

「哎，多謝妳的款待。」聲音傳出。

玉露往後退了半步，再仔細端詳菩薩的臉。

對玉露來說，此時此刻，除了菩薩，再也沒有其他人會開口說話。聲音確實從菩薩方向傳出。

可是，那個聲音不像菩薩，反倒像是出自年紀很大的男人——像老人所發出的聲音。

神明會發出這樣的聲音嗎？

「不是神明，是人……」

聲音再度傳出，接著從安置觀音菩薩雕像的祭壇後面出現一道人影。是個白髮蓬鬆散亂的老人。

老人雖然將一部分頭髮綁在後頸部，不過，幾乎所有頭髮都倒豎著任其自由生長。

身上是破布般的黑色水干裝束。

臉上的皺紋深濃無比。

老人止步，睜著發黃的雙眸瞪視著玉露。

他右手提著昨天供給菩薩的那瓶盛著酒的瓶頸。

「妳的款待……」老人說：「全喝光了。」

老人將手中的瓶子倒過來，一滴也沒從瓶中倒出。看來是真的全部喝

光了。

「您、您是……」

「蘆屋道滿。」

老人彎下身子，咕咚一聲將瓶子擱在地板。

「哎，我是無家可歸的人，剛好這裡有座不錯的寺院，就進來打算借宿一晚，正當我在佛像後面躺下時，湊巧妳進來擱下了酒。感謝妳的酒，我喝掉了。」

這老人看上去明顯很可疑，不過，眼睛和嘴角微微顯露出勉強可以稱其爲魅力的神色。

「妳好像有困難。」

「您、您這是什麼意思？」

「家裡有病人吧。妳昨天擱下酒時，口中不是喃喃在向神明禱告些什麼嗎？」

「是、是……」

「既然我代替神明喝掉了妳的酒，那就代替神明幫妳解決問題吧。」

「幫我……您是說，您可以治癒速男大人的病嗎？」

「喔，那個病人名叫速男嗎？」

「是。」

「妳帶我去看看。雖然我無法馬上答應妳可以治癒他，不過多少幫得上忙吧。」道滿說。

「那、那麼，請跟我來。」

玉露如此說後，帶著道滿回到茅廬。

道滿一進茅廬，向躺在床上的速男說：

「不用起身，不用起身……」

說畢，伸出手掌貼在速男的額頭、胸部，以及腹部。

「他這樣的狀態，已經持續了將近四個月嗎？」

「是。」紗庭點頭。

「唔、唔，原來如此，原來如此……」道滿收回下巴地點頭，接著說：「也許會有很多麻煩事，不過也不是完全無法治癒。」

「可以治好嗎？」玉露問。

「可以，只是……」

「只是什麼？」

「他的病，用一般治法是無法治癒的。可能會發生各種波折，到時候，我又不在你們身邊……」

「那、那麼……」

「我可以教妳怎麼治病。到時候若發生什麼波折，妳就去土御門大路。」

「土御門大路？」

「那裡住著一個名叫安倍晴明的男人，妳去向他求救，說是道滿叫妳來的。」

「那我該怎麼做呢？」

「唔。」道滿將右手伸進懷中，取出某種東西，「是這個。」

「這個是……」

「是土器。」

道滿給大家看的是一個杯子。

「這是我在喝那瓶酒時用的土器，我總是隨身帶著這東西。換句話說，這是我身體的一部分。我將這個送給你們。」

「我該怎麼用這個呢？」

「在滿月的夜晚，妳用這個杯子接月光……」

「接月光？」

「而且要持續三個月。只要失敗了一次，妳就得重來一次，連續三次……」

「也就是說，在滿月的夜晚，萬一是陰天，看不見月亮的話……」

「妳就得再度重來了。」道滿以沉穩的聲音說道：「我想，就在神泉苑做吧。」

接著，道滿開始說明接月光的做法。

「每逢滿月，妳用這個土器接了月光之後，必須一滴不餘地給那邊的速男喝下。只要一次、兩次、三次連續讓他喝，或許就能……」道滿微微歪著頭。

「就能讓速男大人病癒嗎？」

「我不知道這樣做對你們來說，到底是好事，還是壞事。哎呀，哎呀……」

道滿如此說後，告辭離去。

道滿所說的接月光的方法，如下所述。

在滿月的夜晚——

月亮懸掛高空時，帶著土器進入神泉苑。

一邊望著映在水面的月亮，一邊沿著池塘往右走。

這時，草木已經凝結著夜間的露水。

那些夜露，每一粒都映照著月亮而閃閃發光。

一邊走，一邊用土器一粒一粒接著那些映照著月光的露水。

——差不多聚集了一千粒，就可以讓土器積滿映照著月光的露水吧。

道滿這樣說。

最重要的是，每一粒露珠都要映照著月光，再用土器接。

然後，沿著池塘接一千粒夜露。

——如此，透過我這個土器所具有的靈力，無論從哪個方向看，都可以看到聚集在土器內的夜露水面所映出的月亮。

——之後，妳注意不要讓露水灑出，帶回去給速男喝就好了。

道滿如是說。

結果，玉露在第一個滿月夜晚試著做了，果然如道滿所說，土器裡盛滿了露水後，映在水面的月亮沒有消失。

讓速男喝下那杯露水後，他稍微恢復了健康。

那時的速男已經能夠起床自己出去解手，喝下那杯露水後，半天左右，可以不用躺在床上了。

之後，又喝下第二次滿月時所收集的夜露，益發精神煥發。

短時間的話，他可以走出茅廬，還可以在附近散步。

然後，第三個滿月夜晚，正是今夜。

恰好天空清朗無雲，月亮很美。

進入神泉苑後，池面映照著月亮。

黃花龍芽草。

鴨跖草。

以及還未結花蕾的桔梗。

這些花草的葉尖，有著幾千、幾萬粒映照著月光的露水，閃閃發光。

玉露打算立即動手收集，不料，突然湧出烏雲，月亮開始變暗。

一粒、兩粒、十粒地收集，還沒聚集到一百粒，天空便陰沉起來，月亮藏在烏雲後，所有葉尖的露水都不再映照著任何一絲月光。

月亮完全消失後，四周黑天摸地。

玉露決定耐心等待月亮從雲層後出來。

可是無論怎麼等候，月亮都不露面。

玉露死心地走出神泉苑，來到外邊時，雲層竟然裂開，月亮出現了。

於是，玉露再次走進神泉苑，結果又湧出雲層，將月亮隱藏起來。

如此反覆了三次。

事情到了這個地步，玉露也開始起疑。

這時，玉露想起道滿說過的那句話。

「到時候若發生什麼波折，妳就去土御門大路。」

「因此，我才不顧這種三更半夜的時刻，前來拜訪晴明大人。」玉露彎腰行禮。

三

「原來如此……」晴明若有所思地點頭，「只要妳進入神泉苑，雲層便會將月亮隱藏起來，妳出去後，又會放晴，這事確實很奇怪。」

「是。」站在庭院中的玉露鞠了個躬。

此時，博雅插嘴。

「晴明啊，我們在這裡的這段時間，月亮一次也沒有消失。既然如此，也就是說，只有神泉苑的上空變陰，是這樣嗎？」

「沒錯。這樣的話，應該不是大自然的變化，而是有某種咒力在作怪吧。」

「嗯。」

「如果這是大自然的星辰活動，或是雲和風那類的，我可能也會束手無措，不過，既然是某種咒力，我應該多少幫得上忙。再說……」

「再說什麼？」

「這是道滿大人的推薦，不能不去吧。」

「有道理。」

「那麼，走吧。」

「走？去哪裡？」

「就是和玉露小姐一起去神泉苑。倘若今晚沒收集成功，就得再花費三個月的工夫。我去的話，也許能解決問題……」

「嗯。」

「況且，我也想弄清楚，道滿大人到底在玩什麼把戲。」
「明白了。」
「那麼，走吧。」
「走。」
「走。」
事情就這麼決定了。

四

晴明、博雅、玉露三人，魚貫步入神泉苑。
即將自中天向西傾斜的滿月，在高空皎皎發亮。
闔上大半花瓣的荷花，安靜地在池裡沐浴著月光。
那光景美得令人情不自禁嘆氣。
池面映著月亮。
幾隻螢火蟲在黑暗中飛舞。
蟾蜍的鳴叫聲彼唱此和。

鴨跖草和野鳳仙花，以及狗尾草之類的葉尖，聚集著映照月光的夜露，光亮耀眼。

博雅在池邊停住腳步，低聲自言自語。

「奇怪……」

這時，本來在鳴叫的蟾蜍聲，突然一隻、兩隻地減少數量。

待眾人再度細聽時，之前那麼多在鳴叫的蟾蜍聲，竟然一隻也不叫了。

仰頭望向天空的博雅，「啊……」地發出叫聲。

方才那般晴朗的天空，此刻竟從高掛上空的月亮附近，突然陰暗了起來。

抬頭仰望天空，可以看到不知從哪裡湧出的烏雲，正在增加數量地逐漸遮住月光。

四周迅速昏暗下來。

「果然沒錯，我們一進到神泉苑，月亮就突然陰暗起來。」博雅說。

驀地——

火光亮起。

晴明的左手握著剪成人形的紙。

正是那個紙人形在燃燒。

是晴明點燃那個紙人形。

晴明舉高火光照向池塘，說：「看吧。」

博雅和玉露望向池塘。

「這是……」

「哎呀……」

博雅和玉露幾乎同時叫出聲。

原來池塘的水面露出數不盡的蟾蜍，正張著嘴抬頭仰望天上的月亮。

仔細觀看，可以看到每隻蟾蜍都同時自嘴巴吐出青黑色的氣體。

更可以看到那雲氣——瘴氣般的東西，自蟾蜍的嘴巴升騰至上空。正是那升騰至天空的雲氣，凝結爲雲層，遮住了月亮。

「原來如此，原來是這麼一回事。」

晴明鬆開手指，燃燒的紙人形飄浮在空中，繼續燃燒。一般說來，應該早就燃燒殆盡了，但那紙人形還剩下大半。

晴明從懷中取出另一張紙片，用手指撕裂紙片，製成鳥的形狀。

將那外形像鳥的紙片，輕輕往半空拋出後，紙片立即化爲白鷺飛起，降落在池面。

接著又製作了幾隻同樣的紙片，同樣往半空拋出後，那些紙片均化爲白鷺降落在池面。

白鷺開始啄著池面，不一會兒，所有蟾蜍都自水面消失蹤影，同時，遮住月亮的雲層也開始放晴。

一切都恢復原狀，滿月又露面了。

「噢……」

「哎……」

博雅和玉露發出叫聲。

「快，妳快去收集月光水滴，已經沒事了。」晴明說。

玉露從懷中取出土器，開始收集映照著月光的夜露。

但是，或許因爲想抓緊時間，還未收集多少，土器就從指尖鬆開，落到地上，碰巧撞上地面的石頭，碎了。

「啊，怎麼辦？」

玉露抬起走投無路般的臉，求救地望向晴明。

「沒關係。或許比不過道滿大人的靈力，不過，我可以給妳另一樣代替土器的東西。」

晴明一邊說，一邊站到池畔，環視長在池裡的荷葉。

「葉子用不著太大。」

晴明說著，從附近一根伸高的莖上摘下一片荷葉。

「這葉子已經聚集了大量月光，應該可以很快結束。」

晴明左手握著荷葉，再伸出右手到月光中，做出看似撈取某物的動作，之後再做出將撈取的某物黏附在荷葉上的動作。

同時，簡短唸著咒文。

「好了，這下應該足以取代道滿大人的土器了。」

說畢，晴明遞出葉子給玉露。

玉露用那葉子接了映照著月光的夜露。

「這樣應該夠了。」玉露說。

「那麼，再來最後一道步驟。」

晴明如此說後，這回從閫上的蓮花摘下一片花瓣。

將那花瓣蓋在盛滿了夜露的荷葉上，同樣簡短唸著咒文。

「可以了，我們走吧。」晴明說。

「去哪裡？」玉露一臉詫異的表情，望向晴明。

「去妳住的茅廬。順便到西極寺，我得向西極寺的觀音菩薩大人打個招呼……」晴明說。

「喂，晴明，到底怎麼回事？在這種三更半夜，我們送玉露小姐回去是應該的，可是，爲什麼還要去西極寺？」博雅問。

「因爲有些事我仍不明白，所以要去看看。總之，博雅，去了應該就知道怎麼回事吧。」

還未說畢，晴明已像催促玉露般地邁出腳步。

五

一行人先去順路的西極寺。

進入正殿之後，晴明又點燃了亮光。

在亮光中，晴明看到了主佛的十一面觀音。

他讓亮光飄浮在雕像近處，把臉靠近，仔細端詳菩薩尊顏。

「好了，我們去茅廬吧。」

這期間，玉露爲了不讓夜露灑出，一直用雙手捧著盛滿棲息著月亮的夜露的荷葉。

博雅站在玉露一旁守視，以防玉露跌倒，摔壞了荷葉。

全體來到西極寺外邊。

玉露的茅廬離西極寺不遠，就在西邊。

玉露領先走在前頭，穿過柵欄門，進入茅廬，這才發現屋內點燃著燈火。

紗庭一看到玉露出現，傾身撲前地跑了過來。

「玉露小姐……妳讓我擔心得很。」

紗庭說畢，轉移視線望向晴明和博雅。

「他們是……」

「是安倍晴明大人和源博雅大人。」

玉露簡短說明了今晚所發生的事。

「原來是這樣啊。」

紗庭又說，到了玉露應該回來的時刻，玉露卻遲遲沒有回來，所以一直在等待玉露歸來。

躺在被褥上的速男，此刻也已起身，坐在晴明和博雅面前。

「玉露小姐，妳大概有很多話想對速男大人說，不過，現在還是先讓速男大人喝下這個吧。」

聽晴明如此說，雙手捧著荷葉的玉露急忙站了出來。

玉露在速男面前跪下，遞出荷葉。

「請喝下。」

「慢著……」

晴明出聲阻止，膝行至玉露身邊。

「先取下這個吧。」

晴明用右手食指和大拇指，捏住倒扣在荷葉中央的荷花花瓣，取下花瓣。

「噢……」

「哇……」

博雅和紗庭會發出叫聲也是理所當然。

荷花花瓣底下出現的，是酒杯一杯分量的渾圓濕潤的水。

而且，那透明的水球表面，封住了一個閃閃發光的青色滿月。

「哎呀……」速男叫出聲，「這實在太美了……」

燈臺上只點著一盞燈火，在那亮光中，水球如寶石那般光彩奪目。

衆人都身在屋簷下，因此並非高掛天空的月亮映照在水球表面。

「爲什麼你們竟爲了我這種男人，而做到這種程度呢？」

速男的眼眸含著即將溢出的淚珠。

「快，請喝……」說此話的玉露，聲音哆哆嗦嗦。

速男正打算接過來時——

「啊！」有人叫出聲。

原來是玉露在遞交荷葉時，荷葉傾向一邊，水滴滾落出來，灑落到荷葉外邊。

玉露伸出手掌打算接住水滴，卻失敗了。

最後只是沾濕了玉露的指尖而已，掉落的水滴終究還是弄濕了地板。

「啊，怎麼會這樣……」

玉露趴在地板放聲大哭。

晴明以悲哀的眼神望著玉露。

「妳不用如此悲傷。即使失去了道滿大人所教授的月之露，也另有辦法讓速男大人恢復原來的樣子。」

玉露抬起臉，問道：「眞的？」

「是。」

「到底該怎麼做呢？」

「等一下我會告訴妳該怎麼做，在這之前，我想先問一個問題。」

「什麼問題？」

「剛才，我們去西極寺時，我看了觀音菩薩雕像，那時隱約聞到一股麝香氣味。妳身上也有麝香氣味，請問這到底是怎麼回事？」晴明問。

「這事一點都不奇怪。」玉露答：「我每隔三天都會用布擦拭觀音菩薩身上的塵埃，擦拭後，我一定會用我的香袋再爲觀音菩薩擦拭一次，所以應該是沾上了我的香袋氣味吧。」

「香袋？」

「是裡面放了麝香的香袋。」

「妳總是帶在身上嗎？」

「是，在這兒……」

玉露伸手探進懷中，取出那個香袋給晴明看。

「啊，原來如此。那我就明白了……」

「明白什麼？」

「明白了一切。」

「什麼意思呢？」

聽玉露這麼問，晴明微微皺起了眉頭，再度讓之前那悲哀神色浮泛在眼眸中。

「此刻，我可以在這裡說出，我方才恍然大悟的一切嗎？」晴明問。

「請說。」

「這件事……對各位來說，很可能會在聽了我的話之後，認為還是不要說出來比較好。」

「沒關係，請說吧。」

晴明沉默了一會兒，目不轉睛地望著玉露，繼而望著紗庭，最後望向速男。

「請您說給我們聽聽……」速男也催促著晴明。

「請說。」紗庭也開口。

「喂，晴明，你都說到這裡了，況且大家也都表示想聽你說明。雖然我也不知道你到底在擔心什麼？到底想說些什麼？不過，你就說出來給大家聽聽，不好嗎？」博雅如此說。

「明白了……」

晴明下定決心般地點頭。

「那我就說出一切。」

晴明抬起頭，接著說：

「首先是速男大人的病情，其實，病本身早就痊癒了……」

「你說什麼？」

這是博雅開口說的。

「你怎麼突然說出這種話，晴明……」

「不，博雅，速男大人的病真的已經痊癒了。可是，看上去好像還未治癒的原因……」

「是什麼原因？難道說，是……」

博雅還未說完，晴明便打斷他的話，接著說：

「是有人故意讓他一直病著的，博雅。」

「什麼？」

「剛才，速男大人說話時，我聞了他的呼吸味，聞出一股與巴旦杏相似的氣味……」

巴旦杏，也就是李子的氣味。

「可是，那氣味與巴旦杏的氣味又有點不同。那是不歸百合根的味道。」

「不歸百合？」

「會開出看似百合的花，但實際上並不是百合，和東莨菪是同類的。曬乾不歸百合的根，再熬成湯藥，會讓喝下的人雙腿無力，無法走動。」

「什、什……」

「簡單說來，就是有人讓速男大人喝了那湯藥。」

「是、是這裡的人……」

「是的。」

「那、那是……」

博雅說到這裡時——

「是我。」紗庭如此說後，哇地放聲大哭起來。

「到、到底是怎麼回事，這是……」

「妳喜歡上速男大人了吧？」晴明溫和地問。

「是、是……」紗庭用衣袖拂拭著眼角，點頭說：「我在照顧速男人人時，不知不覺中喜歡上他。可是，如果速男大人病好了，可以走動時，他就得啓程返回播磨……」

「是的，妳說的沒錯。因此，在速男大人即將病癒時，妳讓他喝了不歸百合的根。」

若有人在外面或山中，以爲是百合根而誤吃了不歸百合根的話，雙腿會軟弱無力，無法歸來。

因此，人們才會取名爲不歸百合。

晴明接著望向玉露。

「玉露小姐，妳也一樣吧。」

「我、我也一樣？」

「是的，我想，妳自己或許不自覺，但是妳應該也喜歡上了速男大人，然後漸漸不希望他離開這兒。」

「我怎麼可能……」

「妳確實是這樣的。正因爲如此，今晚，是妳在神泉苑把月亮給藏了起來……」

「可是，不、不過……」

「妳失手摔碎了土器吧？」

「那、那是……」

「來這裡的路上，因爲博雅在旁邊守視，妳一直沒機會灑落夜露，但是在速男大人要喝那夜露時……也就是方才，妳灑落了夜露。」

「怎麼可能……」

「當然，我不認爲妳是存心那樣做的。讓妳那樣做的，是妳的內心感情。到今日爲止，有幾名男人都離開了你，因此妳很不安，逐漸不想讓隔了好久才來到這裡的唯一男性，也就是速男大人離開這裡。」

「可是，我怎麼有那種能力，那種操縱蟾蜍的……」

「不，操縱蟾蜍的不是妳，是妳的心願。受到妳心願的影響，讓神泉苑的蟾蜍吐出瘴氣的，是妳每隔三天就用來擦拭菩薩身體的那個香袋，妳剛才給我看的那個……」

「沒錯，我也是在看顧期間，逐漸愛慕上速男大人。只是我自己也不知道，原來我在不知不覺中做了那些事……」

「應該是香袋感應到妳的內心感情。長久以來，妳一直用那個香袋擦拭神明的身體，無形中就讓香袋逐漸擁有了那種能力吧。剛才我在聞麝香氣味時，發現了這件事。」

「這麼說來，道滿大人他……」

「他來這裡時，應該已經察覺到一切了。只是，他不想陪你們走到最後這地步，所以才說出我的名字吧。」

聽晴明如此說後，玉露也哇地放聲大哭起來。

六

三天後的夜晚——

晴明和博雅在窄廊一面喝酒，一面仰望逐漸虧蝕的月亮。

「不知道玉露小姐她們兩人，那以後怎麼樣了……」博雅深深嘆了一口氣地說。

「我也不知道。畢竟那以後的事，不是我們插得上手的……」

「嗯。」博雅喝乾了杯中的酒。

今晚的博雅，喝酒速度有點快。

蜜蟲在空了的酒杯斟酒時——

「晴明在嗎？」

庭院傳來這樣的聲音。

轉頭望去，可以看到一名老人站在草地上，沐浴著月光，宛如穿著青色濕衣。

是蘆屋道滿。

「哎呀，原來是道滿大人。我正在想，您差不多就要來了。」

晴明說。

「哼哼……」

道滿哼著鼻子走過來，登上窄廊，坐下。

「杯子……」晴明說。

蜜蟲從懷中取出酒杯，遞給了道滿。

接著在道滿手中的酒杯內斟酒。

道滿津津有味地呼嚕喝乾了那杯酒。

「你似乎幫我處理得很好。」道滿說。

「道滿大人，您一開始就察覺到一切了吧？」晴明問。

「算是吧。」

「您丟給我一個非常棘手的問題……」

「不好意思。那時我想，總有一天肯定會發生什麼問題。可是，我已經喝掉了人家的酒，也不能置之不理。收了人家的酒，不能不給謝禮。所以，晴明啊，我才報出你的名字。」

「酒的話，道滿大人，我在這裡不是也請您喝過許多次了嗎？」

「你這個傻瓜。」道滿說：「晴明啊，說謝禮什麼的，是彼此都是外人時，才會計較那種事。你跟我……」

「不是外人？您是這個意思嗎？」

「別讓我說出口。」

道滿讓蜜蟲在空了的酒杯內斟酒，有點靦腆。

「人，是一種相當麻煩的存在……」博雅說。

「嗯。」道滿點頭。

「不過，道滿大人，不管她們後來怎麼樣了，有一件事對我們來說非常好。」

「什麼事？」

「今晚能夠在此處，如此擁有一起喝酒的良辰這件事……」

博雅說。

「博雅，笛子……」晴明說。

「嗯。」

博雅點頭，擱下杯子，從懷中取出葉二。

他將笛子貼在嘴脣，輕輕吹了起來。

笛音閒情逸致地，像是發出柔和亮光的細線，在月光中伸展。

晴明望著笛音，含了一口映照著月亮的酒。

木犀月

一

夜氣中，隱隱約約飄蕩著木犀花的香味。

帶點甘味，像是即將平復的悲傷感情的那香味，自黑暗深處隨風吹送過來。

雖然肉眼看不見這花開在黑暗中的何處，但那反倒讓嗅聞此香味的人怦怦心動。

「晴明啊，這味道眞香……」

雙手舉著酒杯的博雅，發出陶然的聲音。

「簡直就像是戀戀不捨離去的那人的思念，乘著風傳送過來，不是嗎……」

此處是位於土御門大路的安倍晴明宅邸窄廊上。

窄廊上坐著博雅、晴明、蟬丸法師，三人正在喝酒。

燈臺上只點著一盞燈火，三人自傍晚開始喝，眼下已經將近深夜。

「今晚是月亮格外大且格外明亮的日子，我們一起邊觀賞月亮邊喝酒如何？」

晴明讓蜜蟲帶著此信件前往博雅那裡。

湊巧蟬丸為了琵琶的事，正在同博雅會面。

「既然如此，我也一起去……」蟬丸說。

於是蟬丸和博雅一塊兒來，三人開始喝酒。

蜜蟲坐在三人一旁，每逢有人的酒杯空了時，便會代為斟酒。

然而，將近傍晚一直放晴的天空，黃昏起，竟出現了雲層，最終在月亮露面之前布滿了整個天空。

時值木犀花開時分，既然如此，三人的話題便自然而然從月亮轉移到木犀，然後一邊等待月亮出現，一邊喝起酒來。

眼下已經不是夏天。

可是，要說是秋天又嫌早了些，而在這個季節交替時分，開出散發香味的花，正是這個木犀花。

秋天的蟲子在庭院某處鳴叫。

「天上有月亮的氣息呀。」

說此話的人是蟬丸。

「聽你們說，月亮被雲層遮住了，看不見，不過在那雲層背後，有月亮的氣息。」

蟬丸本就是盲人。

盲人觀看自己看不見的東西時，用的是耳朵、氣味、手感，以及氣息。

此刻的他，說的正是月亮的這種氣息。

「噢，你這樣說，正好和我們此刻所嗅聞的木犀香味相似。月亮躲在雲層背後，即使我們看不見，也能傳送其氣息。木犀花也是被黑暗擋住，即使我們看不見，也能傳送其香味。」

今晚的博雅有點饒舌。

出門前，他將龍笛葉二藏在懷中。

而且，蟬丸在一旁。

博雅亟欲讓自己的葉二與這位盲眼琵琶法師的琵琶合奏。似乎正是這種渴望，讓此男子比平日多話。

「博雅啊……」

晴明端起蜜蟲剛斟滿酒的杯子，轉移視線望向博雅。

「笛子……」晴明像是看透了博雅的心，如此說。

「噢、噢……」

博雅擱下手中的酒杯，將手探到懷中，興沖沖地取出葉二。

「吹什麼？」

「你想吹什麼就吹什麼。」

「好。」

博雅舉起葉二，貼在嘴脣，吹起。

笛音滑出。

那笛音，起初像是有點迫不及待地降生在這世上，不過，立即適應了四周的黑暗。

那音色，與帶點甘味、又微微帶點悲傷感情的木犀香味融合一起，嘹亮地響徹秋天即將來臨的晴明庭院。

博雅閉上眼睛地吹著葉二。

晴明頓住本來打算將酒杯送到口中的動作，一樣閉上眼睛地聆聽笛音。

這時——

「月亮出來了……」蟬丸的聲音響起。

晴明和博雅睜開眼睛，看到雲層已裂開，天空出現了月亮。

噢……

博雅和晴明打心底發出讚嘆。

抬頭仰望，可以看見落落大方且格外大的滾圓月亮，光芒四射。

不知是不是博雅的笛音傳送至雲層，只見雲層接二連三裂開，展開晴朗的夜空。

你怎麼知道的？

晴明用眼神如此問蟬丸。

「因爲月光撫摸著我的臉頰……」蟬丸回答。

從屋簷射下的月光，正好映照在蟬丸的臉頰。

蟬丸像是眼睛可以看見那般，正確地抬頭仰望月亮的方向。

博雅的眼神在邀請蟬丸。

蟬丸似乎從笛音聽出了博雅的心意——

「那麼，我也來彈一首。」

蟬丸取起擱在身邊的琵琶，抱在膝上。

他撥了一下琵琶。

唵嘸……

琵琶響起。

這一聲「已經就緒」的通知，令博雅的笛音產生變化。

笛音像是化爲風了。

像風在邀請那般，一邊渾樸自然地響徹四周，一邊在等待蟬丸加入似的。

「那麼，來一首〈昇月〉……」

蟬丸再度將撥子貼在弦上。

嗶嗡嘸……

琴弦響起。

〈昇月〉與〈流泉〉、〈啄木〉一樣，都是從唐國傳入的祕曲。

琵琶聲嫋嫋地振動著黑暗。

和著琵琶聲，博雅的笛音跟了上來。

已經與木犀香味形成一體的笛音，此刻又與琵琶聲互相重疊，融化在月光中。

猶如被正上方的月亮往上吸那般，琵琶聲和笛音逐步升天。

「太舒服了……」晴明陶醉地閉上眼。

〈昇月〉結束後，自然又響起下一首曲子，那曲子結束後，再下一首曲子即又響起。

如此持續了一陣子，然後宛如融化於天空彼方那般，兩人的演奏聲止住。

止住之後，那樂音似乎仍在各人的心中迴響著。

冷不防——

月光中出現了一個發光物體，那物體滴溜溜一邊旋轉，一邊掉落下來，最後咚一聲，落在庭院的泥地上。

「什麼東西……」叫出聲的是蟬丸法師。

晴明和博雅望向聲音響起的方向。

「蜜蟲。」晴明喚道。

蜜蟲站起身，步下庭院。

她拾起那個自天上掉落的東西，看似很沉重地抬到窄廊上。

「是斧頭。」

蜜蟲在燈火亮光中遞出斧頭，行了個禮。

「斧頭？」博雅一臉詫異地開口。

「是斧頭嗎？」蟬丸問。

「確實是斧頭。」晴明從蜜蟲手中接過那把斧頭。

很重。

而且，很舊。

多年被使用過的把手附近，因手心所出的油而發黑發亮，不知被用了多大的力量握了多久，發亮處凹陷成手指的形狀。

把手看似用櫟樹製成。

「從製法和形狀看去，應該不是我國的東西。」晴明低語。

「這麼說來，是天國……」

博雅還未說完，晴明便插嘴道：

「應該是唐國。」

「你怎麼知道？」

「這裡似乎刻著名字。」

晴明咕咚一聲將斧頭擱在窄廊上，用手指指著把手盡頭處。

該處刻著一個「吳」字。

「確實有……」

可是，這樣的斧頭爲什麼會從上空掉下來呢？

難道是有人從宅邸外面拋進來的？

若是那樣，那斧頭看上去又像是從上空很高的地方，一直線落下來。

如果是從圍牆外面拋進來的，不是應該以拋物線掉下來嗎？

「這斧頭到底爲什麼會掉到這裡呢……」博雅低聲自言自語。

「喂！」庭院傳來呼喚聲。

望去一看，有個男人站在聲音響起之處。

那男人頭上束著唐人風貌的髮髻，身上的衣服穿得露出一隻臂膀，體格魁梧，站在月光中正望著這邊。

「那把斧頭是我的，能不能還給我？」

聽對方如此說，晴明問：

「這把斧頭若是大人您的，難道您的大名是姓吳名剛……」

「我確實名叫吳剛，不過，你怎麼知道我的名字？」

「這斧頭上刻著名字『吳』。在一年當中，月亮最接近這個大地的夜晚，從月亮掉落一把斧頭，斧頭上刻著『吳』這個字的話，怎麼想，就都除了您吳剛大人以外，別無他人了。」晴明說。

「喂，晴明啊，你怎麼知道那些事？爲什麼你說斧頭是從月亮掉落的……」博雅問。

結果，晴明朗誦了一首和歌。

眼見得到，手不能抓。
妹如月桂，如之奈何？[9]

「那、那是……」

「是《萬葉集》裡的和歌。」

意思是：用眼睛明明能看到妳，用手卻抓不到妳，對妳這個宛如月中桂樹的妹子，我該怎麼辦才好呢？

「博雅啊，這位吳剛大人，是住在月亮、每天用斧頭想砍倒桂樹……想砍倒木犀的神仙。」晴明說。

「哎呀，哎呀，這麼說來，你大致知道我的事了……」

「是。」

「那是遠古的事。」

9 原文：目には見て手にはとらえぬ月の中の／かつらのごとき妹をいかにせむ。出自《萬葉集》第四卷・第六三二首。

「有幾種書籍記載，您想砍倒的樹，其實不是桂樹，而是木犀樹，這點正確無誤嗎？」

「沒錯，正是木犀。」

那男人——吳剛用粗壯手指嘎嘎搔著頭地笑道。

二

吳剛——本來是個樵夫。

他和妻子兩人住在山中，以砍伐樹木爲生，生來就是個懶漢。

「如果可以不工作地永遠活下去，大概就是這世上最快活的事了……」

吳剛總是這麼想著。

某天，吳剛心血來潮想到，只要學習仙術並成爲仙人，不就行了嗎？

成爲仙人的話，便可以長生不老——可以永遠活下去。

即便不工作，只需呼吸這個天地的精氣，同樣可以活下去。

「我出一趟門。」

找到好的老師，在其下學習仙術，成爲仙人後再回來。

吳剛向妻子這麼說，獨自出門旅行去了。

旅途中，吳剛遇到幾個還算不錯的老師，打算向他們學習仙術，無奈學習仙術的修煉過程本來就不輕鬆。

或戒食五穀，或在水中修行，或到山中進行不吃不喝的艱苦修行。吳剛無法忍受那苦修，逃走後再找其他老師，然後再自新老師的身邊逃走，又去找另一個新老師，如此屢次反覆。

最終沒能得道成仙，每次想起往事，總是徒增對故鄉妻子的懷念之情而已。在他鄉重疊歲月的結果，他決定回到妻子身邊。

然而，妻子在家等了好幾年，丈夫吳剛遲遲不回來，也杳無音信。妻子認為，丈夫吳剛不是已經死了，就是已經忘了妻子的存在，於是和一個名叫伯陵的男人再婚。

妻子和再婚丈夫兩人膝下有三個孩子，某天，那些孩子在院子玩得正開心時，吳剛突然回來了，事情於是變得極為複雜。

回來的吳剛嚇了一跳。

因為他回來一看，除了有三個孩子在自家院子玩，一旁另有一個陌生男人在劈柴。

妻子則在屋簷下興高采烈地織著布。

「這是怎麼回事？」吳剛逼問妻子。

妻子也同樣嚇了一跳。

「我以爲你死了，和這人再婚，也生了孩子。」妻子這麼說。

「我片刻都沒有忘記過妳，妳竟然……」

吳剛內心湧上一股憤怒，接著拾起附近地面的木棒，大喊大叫地撲向伯陵。

「你竟敢打我妻子的主意！」

「住手！」

吳剛不顧妻子從中阻止，追趕著四處逃竄的伯陵，不停用木棒擊打伯陵頭部，伯陵終於被打得頭破血流地死去了。

被這一場騷動引來的左鄰右舍，見狀紛紛指責：

「吳剛也真是個自私的傢伙。做丈夫的一直不顧妻子死活，妻子找其他男人再婚，不是理所當然的嗎？」

不過，也有人反過來說：

「即便丈夫不回來，但妻子也沒有收到丈夫的死亡通知，就和其他男人在一起生活，這樣的妻子也有錯。」

此騷動最後傳到天上的炎帝耳裡。

由於死去的伯陵是炎帝的子孫之一，因而炎帝也不能置之不理。

但是，妻子也並非全無過失。

因此，炎帝決定，讓吳剛如願成爲仙人，但要吳剛升天至月亮，在月亮砍伐那棵高五百丈的木犀樹。

吳剛在月亮揮起斧頭，打算砍倒那棵木犀樹，不料，那棵樹不是普通樹木。

原來那棵木犀樹是神木，無論斧頭砍得多深，樹的傷口也會立即癒合起來。

於是，吳剛便日復一日地一直在砍伐那棵木犀樹。

現在是神仙之一的吳剛，由於不會死去，變成永遠都待在那裡砍伐那棵樹。

三

「反正，吳剛大人就是這樣的人物……」

晴明向博雅簡要地述說了記載於唐國古籍裡的故事內容。

「晴明，這麼說來，你早知道那則故事……」

「這可是月亮的故事啊。身爲天文博士，本就應該具有這類知識。」

晴明若無其事地如此說。

「嗯，因爲這般，我在月亮上大約已經持續砍樹砍了四千年，只是那棵樹實在太頑強，所以到現在仍無法砍倒。」吳剛說。

「既然如此，吳剛大人又到底是爲了什麼原因，而讓斧頭掉落到此地呢？」晴明問。

「喔，是這樣的……」

吳剛說起，他在月亮砍著木犀樹時，聽到一陣笛子和琵琶的合奏聲，同時聞到一股香味。

那香味和月亮上的那棵木犀不一樣，是地界的木犀香味。

「喔，原來……」

今宵是月亮最接近大地的夜晚。

因此，大地的聲音和氣味也就更容易傳到月亮吧。

可是，即便如此，能讓樂音這樣傳到月亮的話，那吹笛和彈琵琶的人，肯定是舉世無匹的名手。由於那樂音和木犀花的香味融爲一體，再受到月亮的木犀所吸引，才從地界升上來的吧。

「結果，我聽得入迷，手頭疏忽了，揮下斧頭時，一不小心就掉落了斧頭……」

再怎麼說，那畢竟是神仙猛力揮舞的斧頭。

勁頭太大，就那樣掉落了。

「掉落在你這棟宅邸的庭院。大概是我的心繫在笛子和琵琶的樂音上，斧頭感應了我的心，所以順著笛子和琵琶的樂音掉落在這裡吧。」

吳剛感慨地說。

「總之，我做了蠢事……」

吳剛臉上浮現有點悲傷的表情。

「話說回來，要是偶爾會發生這種事，那我在接下來的四千年也算有了等待的樂趣。說起來，人總是在無止盡地重複做同樣的事。近一千年來，我逐漸認爲，或許我所做的事，和這個地界的人們所做的事，其實也沒什麼不同。」

吳剛如此自言自語。

「您也來喝一杯如何？」

聽晴明如此說，吳剛端起杯子。

他一口氣喝乾蜜蟲爲他斟上的酒，滿足地笑道：

「啊，太好喝了。」

吳剛擦了嘴，歸還了杯子，再從晴明手中接過斧頭。

「那麼，我這就打道回月亮去吧。」

吳剛低語，再望向晴明。

「接下來，我有件事想拜託你們……」

「什麼事？」

「雖說是仙人，我卻是個無用的仙人。我可以從月亮下來，卻無法自力返回月亮。如果可以的話，我想拜託你們再彈一次笛子和琵琶，乘著那樂音，我想我應該可以升到月亮……」吳剛說。

「當然樂意奉陪。」

「悉聽尊便。」
博雅和蟬丸點頭。
蟬丸將撥子貼在弦上，彈起。
曲子是方才彈的那首〈昇月〉。
博雅配合著琵琶吹起笛子。
「噢……」
吳剛瞇著眼睛。
「那麼……」
吳剛在月光中邁出腳步，身體往上飄浮起來。
猶如月光中有一道隱形的樓梯那般，吳剛踏著腳步升至上空。
過一會兒，吳剛的身影看似融於月光中地逐漸變小——
最後，消失了蹤影。
吳剛的身影消失於月亮的天界之後，過了好一陣子，博雅的笛子和蟬丸的琵琶樂音，仍在天地之間持續迴響著。

水化妝

一

往昔——

有位名爲百濟川成的畫師。

在繪畫方面，百濟川成是無人可及的高手。

話說某天，川成在某宅邸的拉門上畫了一幅畫。

結果，據說從次日起，該宅邸池塘裡的鯉魚數竟逐日減少。

宅邸主人覺得很奇怪，讓家裡人監視池塘，結果發現在傍晚時分，不知從何處飛來一隻白鷺，吃了池塘裡的鯉魚後，又飛走了。

那隻鷺鷥到底從哪裡飛來的呢？

調查之後，宅邸主人大吃一驚。原來百濟川成在拉門上畫的那幅畫中有一隻鷺鷥，據說正是這隻鷺鷥每天自拉門飛出，吃掉池塘裡的鯉魚。

某年秋天，百濟川成宅邸庭院的柿子樹結了許多柿子，川成嬉鬧地摘下柿子，於紙上臨摹了那個柿子。

畫完後，川成說：「喂，那個柿子，你們吃吃看。」

弟子之一吃了那個已經完成任務的柿子，據說一點也不甜。弟子覺得很奇怪，舔了畫中的柿子，發現畫中那個柿子很甜。

大覺寺瀧殿的壁畫，也是川成畫的。

川成不僅擅長繪畫，還會設計庭院。

大覺寺瀧殿的庭院踏腳石，正是百濟川成和巨勢金岡一起擱置的。

話說有一天，川成隨員之一的男童失蹤了。

雖然找了幾處男童可能去的地方，卻都找不到。

最後決定讓更多人去尋找，於是僱用了某高門宅邸裡的下人，但下人說：

「我們沒見過那個男童，光憑你們用嘴形容的相貌，恐怕很難找到。」

下人說的十分合理。

「有道理。」

川成當場拿起筆，沙沙畫出失蹤男童的相貌，遞給下人看。

「明白了。」下人點頭說。

之後下人各自分散於京城四處。

不久，下人之一帶著那個失蹤男童回來說：「找到了。」

據說是在東市找到的。

兩相比較之下，聽說那男童的相貌和川成所畫的畫像中的容貌，一模一樣。

同一個年代——

京城有位名爲飛驒工的木匠。

遷都時，皇宮大內的朝堂院和豐樂院等建築物，都由他經手，據說技藝高明得即便唐國、天竺兩國合起來，也無法找到能和他並肩的木匠。

百濟川成與飛驒工交情很好，經常在一起喝酒，互相開玩笑，彼此賞識對方的能力。

某日——

飛驒工請川成來作客。

「這次，我在敝處蓋了一棟六尺四方的佛堂，想邀請你在牆壁上畫一幅畫。」

川成收到的請帖上，寫著如此文意。

他立即出門前往，抵達一看，庭院確實有一棟看似很可疑的佛堂。

「請進去參觀。」

聽飛驒工這麼說，川成登上佛堂外的窄廊，打算從南邊的門進入，不料，原本敞開的門竟然啪嗒一聲關上了。

既然如此，川成便繞著窄廊來到西邊的門，打算進入時，這次也啪嗒一聲關上。與之同時，南邊的門敞開了。

川成心想，我才不上這個當，打算從北邊的門進入，但那扇門啪嗒關上後，這回輪到西邊的門敞開了。

如此這般，川成爲了從四方的門進入佛堂，而在窄廊繞來繞去，最後仍舊沒能進去。

「哎呀，實在很開心。」飛驒工在一旁愉快笑道。

之後，過了數日，這回是飛驒工收到川成送來的信件。

請帖上寫著：「有樣東西想給你看看，請你務必來敝處一趟。」

飛驒工心想，川成肯定打算報之前的仇，只是，他當然不能拒絕。

川成到底想用什麼方式報仇，飛驒工也很感興趣。

「一定不能上當！一定不能上當！」

飛驒工對自己這樣說，出門前往川成家。

飛驒工在川成宅邸門外喚了人，下人出來說「請跟我來」，然後將飛驒工請進門，走在前頭帶路。

「是這邊。」

下人帶飛驒工來到一扇有廊子的滑門前。

「打攪了。」

飛驒工拉開滑門，冷不防眼前出現一具橫躺在地面的死人屍體。

那屍體不但發黑且發脹，身上的肉都腐爛，頭髮也脫落，眼球溶化掉了，嘴巴露出牙齒。

飛驒工覺得似乎有一股難以忍受的臭味撞到臉上。

「哎呀！」

飛驒工大叫一聲，跳著後退，接著門內響起一陣笑聲。

仔細一看，原來滑門後豎著一扇拉門，飛驒工看到的屍體，正是畫在那扇拉門上的畫。那幅畫當然是川成畫的。

從拉門後露出臉，對著飛驒工大笑的人，正是川成。

由於設計圈套的人和上當的人，都是當代名手，風聞此事的人們便紛紛稱道：

「不愧是百濟川成！」

「不愧是飛驒工！」

二

有個女人在哭泣。

場地是鴨川河灘。

四周聽得見河水的潺潺流水聲。

也聽得見夾雜在河水流水聲中，自遍地可見的草叢裡傳出的秋蟲鳴叫聲。

月亮掛在天際。

是形狀如一片小舟的上弦月。

女人正是在那種月光下哭泣。

她身在河水邊。

周圍都是突出水面的大小不一的石頭或岩石，急湍形成的波浪也無法傳到女人腳下的水面。她身邊的流水，清澈得像一面發黑的鏡子。

女人的哭聲很微弱。

有時甚至被周圍的蟲叫聲蓋住，讓人聽不到她的哭聲。

哭聲比蟲叫聲更微弱，斷斷續續，而且嘶啞。

但是——

即便再如何抑制，也像是有某種東西自女人體內不斷湧出、不斷溢出那般，女人口中也不斷發出啜泣聲。

雖然不知道她到底在悲傷什麼，或是在隱忍什麼，總之，有個女人蹲在鴨川河邊，垂著頭，用蒼白手指捂著臉，一直在抽泣。

女人突然抬起頭來。

若只猜測年齡，透過映在她臉上的月光仔細看，可以看出她大約三十多歲。

女人之所以抬起頭，是因爲她察覺到有人挨近的動靜。

對方是個男人。

女人站起身來。

她起身，沒有逃跑的打算，佇立在原地。她是否在內心暗中思量，即使對方是強盜，是妖鬼，自己會變成怎樣都無所謂，因而佇立在原地？

挨近的男人站在女人面前。

看出她年齡大約四十左右。

眉毛、眼睛、鼻子、嘴脣——容貌的五官線條都很纖細，看上去極爲不眞實，但是很美。

她那個樣子宛如會消失在隔天早上陽光中的露水，不過，反倒令人感覺像是幻影，看起來很美。

「剛才在哭泣的，是妳吧？」男人問：「妳有什麼悲傷事嗎？」

那是會沁人心脾的聲音。

由於那聲音聽起來極爲溫柔，女人再度嗚咽起來。

三

說是會出現一個怪異女人。

也有人說是妖魔鬼怪，是個女妖。

不管是女人，或是妖魔鬼怪，總之，就是會出現。

「被作祟了。」有人如此說。

遭到那個怪異女人作祟的，也是個女人。

女人名叫明子。

年齡僅二十出頭，是個臉頰豐滿、皮膚白皙的女人。

夜晚——

據說明子那時正在睡覺。

雖然另有幾名女僕住在同一棟房子裡頭，但是，明子通常是獨自一人就寢。

睡著時，明子感覺很奇怪。

胸口似乎很沉重，又似乎有人在身邊，空氣中像是夾雜著一種令人感到不快的味道……

總覺得很難受，無法呼吸，半睡半醒。

半醒著的意識，感覺四周似乎有燈火亮光。隱隱約約，總覺得似乎看到某處點燃著燈火。

這很奇怪。

明子就寢前，明明熄掉了燈臺上的燈火。難道，那燈火仍點燃著——

這件事令明子惦記在心，因而無法熟睡。

當明子突然回過神來時，她發現自己是橫躺在被褥上醒來的。

燈火果然亮著。

明明已經熄掉的燈火，為什麼會亮著呢？

是自己以為熄掉了，其實還殘留著火星，之後在自己睡著時，自然而然地點著了嗎？

起身去熄掉燈火也可以，不過那樣做的話，會眞的醒過來，不如就這樣繼續睡著比較好。現在的話，若不起床，應該可以再度回到夢鄉中。

燈火就那樣讓其亮著沒關係。

於是，明子為了再度回到夢鄉中，翻了個身，轉動著身體和頭部，讓臉朝上。

據說正是那時，明子看到了。

明子看到一個女人的臉，在二尺高的半空，正在俯視明子。

而且，那個女人端坐在枕頭另一側，垂下頭，上半身前傾地俯視明子。兩個女人的臉龐剛好顚倒，一在上，一在下，彼此注視著對方。

在燈火亮光中，明子看到了那張臉。

很美。

但是——

表情很可怕。

明子大吃一驚。

乍看之下，那女人似乎只是安靜地俯視明子，但她的眼睛深處，可以看到正在燃燒的青色火焰。

微紅的嘴脣，也看似在笑著。

啊啊……

這個女人恨我。

看到那張臉時，明子立即明白了這點。

終於見到了——

所以這個女人此刻在笑著。

在看到那張臉的瞬間，明子內心湧起如此多的想法。想法湧起後的下一個瞬間，明子大叫出來。

「來人呀！來人呀！」明子邊叫邊起身。

燈火突然熄滅。

聽到明子的叫聲後，家裡人聚集過來。

有人點燃了燈火，那時，女人已經消失蹤影。

那是幽魂嗎？

還是明子在做夢或幻影呢？

是在憎恨明子的某個女人的生靈嗎？

明子猜測不出。

第二天晚上，明子很害怕，於是讓家人之一陪著她睡。

但是，那個女人沒有出現。

過了兩天、三天、四天，那女人都沒有出現。

第五天起，明子再度獨自一人就寢——

女人第二次出現時，是第八天的夜晚。

和最初出現時一樣。

夜晚，明子感覺很難受而醒來，發現燈火點燃著，那女人在上面俯視明子。

明子叫喊。

家裡人聚集過來時，女人已經消失了蹤影。

過程和上一次一樣。

不同的是，女人的眼睛看似比上一次更往上吊，嘴脣也看似比上一次裂得更開。

那女人第三次出現是在十天之後。

這回，家裡人陪明子睡了七天，因爲那女人都沒有出現，因此明子又恢復獨自一人就寢的習慣。

結果——

從第二次出現後算起，那女人於十天後又出現了。

出現的方式和之前一樣。

明子睡著時，感到很難受。

總覺得身邊似乎有人，然後醒來，發現燈火點燃著，有一張女人的臉正在俯視明子。

待家裡人聚集過來時，女人已經失去蹤影。

要說與以往相異之處，就是女人的臉愈來愈可怕。

除了眼睛益發往上吊，連犬齒也益發伸長起來。

那女人第四次出現時，男人在現場。

是經常到明子住處過夜的男人，名叫在原清重。

離女人第三次出現那時，正好過了十天。

四

那天晚上——

在原清重躲在圍屏後，屏住呼吸。

周圍是一片深濃黑暗。

圍屏另一方傳來明子的鼻息聲。

明子有時會呼吸凌亂，是睡眠不足？或是還沒有真的睡熟？

聽到自己經常去過夜的女人家裡發生了怪事，在原清重當然不能坐視不管。

聽說到現在爲止，那個怪異女人已經在明子的寢室裡出現了三次。

昨天晚上，明子一邊哭，一邊以懼怕不已的聲音，向清重訴說事情的來龍去脈。

「明子啊，明子啊，妳不用擔心，我會保護妳的。」清重說。

細問之下，清重才明白那女人總是在清重來過夜的第二天夜晚出現。

既然如此，清重便於今天早上一度回自己宅邸，然後趁著還未天黑之前，再度悄悄來到明子住處，夜晚時，陪明子一起進入寢室，熄掉燈火後，再躲進圍屏後面。
想到僅隔著一扇圍屏，另一方就是明子那橫躺著的柔軟身體，清重貞想立即過去摟住明子，無奈他和明子說好今晚將通宵守著。
最初，清重也很緊張。
他在黑暗中睜大雙眼，連呼氣和吸氣也充滿了緊張情緒，不過，由於沒有發生任何事，夜逐漸加深，清重的緊張情緒也隨之逐漸放鬆，不知不覺中，清重也昏昏沉沉地打起瞌睡來。
當他察覺自己睡著了時，睜開雙眼，發現圍屏另一方有朦朧亮光。本來已經熄滅的燈火，不知何時又被點燃，燈火火焰在黑暗中搖搖晃晃。
清重從圍屏後露出臉窺視——
果然出現了。
那女人端坐在明子頭部上方的地板，將身子彎成兩半，正在探看明子的臉。
明子則一邊睡著，一邊難受地扭動著身子，而且還發出呻吟。
和著明子的呻吟聲，同時響起那女人的低語聲。
「妳這張既可恨又可憎的臉，妳是用這張討人喜歡的臉搶走了我的男

人嗎？妳是用妳那鮮紅嘴脣吸吮男人的嘴嗎？吞噬男人的精力嗎……」

聽到這聲音，清重忍不住想逃跑。

按理說，清重應該從圍屏後出去，開口對那女人喝道：

「喂，妳這個女人，到底想對她做什麼？」

但是他看到女人的頭髮中突出兩根像是尖銳的角的東西，差點嚇破了膽。

眼前這女人，不是人。

是妖鬼。

想到此，清重無法動彈。

他全身都在發抖，爲了止住顫抖，他伸手搭在圍屏上，結果令圍屏也抖動起來，並發出聲音。

女人也發現了。

「是誰？誰在那裡……」

聽到那女人出聲，清重太過懼怕，站起身打算逃跑。

這時，清重推倒了圍屏，就那樣從圍屏後跌了出去。

「噢，你……原來是在原清重！」

頭上長出角的女人，發出淒厲聲音如此說。

「妳、妳，妳知道我的名字？」屁股著地的清重也開口問道。

一旁的明子已經醒了，自剛才起就一直在尖叫不已。

熟睡的家裡人也察覺到此騷動，啪嗒啪嗒的腳步聲逐漸挨近。

「嗚哇！」

女妖鬼大叫一聲，自寢室跑了出去。

家裡人聚集過來時，女妖鬼已經不見了。

取而代之的，是掉落在庭院的一枝筆。

五

「唔，這樣的事，其實就發生在昨夜。」在原清重邊說邊擦拭額頭上的汗水。

此時場景位於土御門大路的安倍晴明宅邸，面向庭院的窄廊。

晴明和博雅坐在窄廊上，清重坐在兩人面前，剛好述說完昨晚所發生的一切，此刻正在用袖子擦拭額頭上的汗水。

方才，晴明和博雅一面觀賞庭院那些已泛紅的楓葉，一面在喝酒。

那時蜜蟲前來報告：

「有位自稱在原清重的大人來訪，說有急事想見您。」

在原清重這個人，不但是文章博士，也是當代首屈一指的和歌作家。

既然他本人直接來訪，晴明也就不能不見。

於是決定和訪客見面。

因此，此刻述說完畢的清重，一臉誠惶誠恐的表情，正在等待晴明開口說話。

「那枝掉落在庭院的筆呢？」晴明問。

「正是這枝。」清重從懷中取出那枝筆。

是一枝筆桿粗細如小拇指那般的筆。

不知用的是什麼毛，筆尖是白色的。

晴明用手指觸摸筆尖，再聞一下它的味道，低聲道：

「這是白狐的毛……」

「什麼意思？」

「據說，用這枝筆寫東西，無論寫出的是文字還是繪畫，寫出的東西都會具有一股不可思議的力量，總之，都要看用筆人的器量如何吧。」

晴明重新端詳著筆，再將雙眼湊近筆桿中央。

「這裡好像寫著什麼。」

這枝筆似乎經過長年使用，筆桿中央黏附著手心油，以致顏色變了，但該處表面隱約留有看似寫了某種文字的痕跡。

眼看就要消失了，不過，勉強還讀得出。

「寫的是……川成……」

「川成？」

「是川成。白狐的筆，加上川成這兩個字，再怎麼想，也除了百濟川成大人以外，別無他人。」

「那、那個百濟川成大人是……」

「一百年前就去世了，是個擅長繪畫的畫師。」晴明答。

「這究竟是怎麼回事啊？晴明。」博雅追問。

晴明不作答，歪著頭似乎在思考什麼，接著突然站起來說：

「博雅大人，我們該出門了。」

「到、到底要去哪裡？晴明啊。」

「去長樂寺。」

「長樂寺？」

「巨勢廣高大人應該在那裡。」

「巨、巨勢廣高大人的話，不是當代首屈一指的畫師嗎？我記得，他確實在去年這個時候，落髮出家進叡山了。」

「沒錯。」

「既然如此，廣高大人不是應該在叡山嗎？」

「聽說他在前幾天還俗了，現在人應該在長樂寺。」

還俗——意味曾一度出家成爲僧人，日後再度恢復俗人身分的人。

「清重大人，您也一起去吧？」

「我、我也去嗎？」

「您不去嗎？」

「唔，嗯。」清重點頭。

「我、我也要去。」博雅慌忙站起身。

「博雅大人，您也要去嗎？」

「嗯，去。」

「那我們走吧。」

「噢，走。」

事情就這麼決定了。

六

巨勢廣高——

這人不但擅長繪畫，曾祖父又是名爲巨勢金岡的繪畫高手。

巨勢金岡已經不在這個世上，不過，據說廣高的繪畫技藝勝過曾祖父金岡。

廣高平時便對佛道很感興趣，兩年前患上大病。

雖然好不容易才治癒了大病，可以如普通人那般自由行動，但是他在養病期間，痛切體會到人世間的無常，終於在去年落髮出家，前往叡山當僧人。

皇上對此事深感遺憾。

「法師作畫或許無所忌憚，出仕皇宮繪所則有所不便，速速還俗……」

皇上的意思是，成爲僧人之後雖然也可以作畫，但若要進宮繼續當宮廷畫師則有點不方便，早日恢復俗人身分吧。

皇上如此說，不但命廣高還俗，還讓他恢復了宮廷畫師的身分。

廣高在長樂寺迎入了三人。

「歡迎光臨。」

四人在書院相對而坐後，廣高先行了個禮，開口問道：

「請問有何貴幹？」

晴明從懷中取出那枝白狐筆，遞給廣高看。

「請看這個……」

廣高接下了筆，再以驚訝的眼神望向晴明。

「這的確是我的筆，晴明大人爲何……」

雖說廣高已經還俗，不過，他仍保持著剃髮模樣，外貌看上去美得可以用妖豔兩字形容。

「我記得這枝白狐筆，應該是百濟川成大人的筆吧？」晴明問。

「是的，您眞是無所不知啊。」

「因爲我經常耳聞這類有關靈力的風聲……」

「我的曾祖父巨勢金岡，和百濟川成大人交情很好，他們經常在一起工作。聽說兩人都很喜歡設計庭園，大覺寺的踏腳石等，也是兩人一起擱置的。基於這種緣分，我聽說百濟川成大人過世時，將這枝筆送給了我的曾祖父巨勢金岡……」

「那麼，這枝筆不是被偷了，就是您又送給了其他人？」

「是的。去年這個時候，我爲了是否要出家的問題而猶豫不決，結果將這枝筆送給了在鴨川河灘邂逅的女人。那時，我認爲往後再也沒有握書筆的機會……」

「您可以再詳細描述當時所發生的事嗎？」

「可以……」

廣高點頭，開始述說那天晚上發生的事。

七

那眞的是一場隨時都可能離開這世上的大病。

所幸，我最終保住了一條性命，但那時我痛切體會到這個人世的無

常。我體會到，無論我們過著再如何華麗的生活方式，死亡也會在某一天突然來臨。

雖然我很想出家，但對我來說，有一件事仍令我留戀著這個塵世。那就是繪畫這件事。

每次想到有關繪畫的事，總讓我下不了出家的決心。

當然我也可以成爲製作佛像的佛師，繼續繪畫，可是我若懷著這種心情出家，在佛道這條路上一定會走得跌跌撞撞。

我猶豫不決，那天晚上，我走遍了所有大街小巷，不知不覺中，來到了鴨川河灘。

我心想，我之所以如此猶豫不決，是因爲這枝筆的存在。

是這枝曾祖父留下來的筆，讓我遲遲下不了決心。既然如此，那乾脆將這枝筆扔進鴨川——我也這樣想著。

那時我聽到了女人的哭聲。

然後，那天晚上，我將這枝筆送給了在河灘遇見的那個女人。

第二天，我就出家了。

八

「那、那個女人，或許她的名字叫香夜……」一直默默聆聽廣高述說的清重，開口問。

「喔，我故意沒問她的名字。因爲想讓自己把筆送給一個不知住在何處的陌生人，日後萬一後悔想要回筆時，也毫無辦法追尋……」廣高答。

「清重大人，您剛才說，那個女人名叫香夜嗎？」博雅追問。

「是、是的……」

「您爲什麼知道這個名字？難道您知道那個女人是誰？」

「哎，這個……」

「您果然知道她是誰？」

「是……」

「爲什麼您沒有說出？」

「喔，不是，我不是故意沒說出。因爲剛才聽了廣高大人所說的話，我才想起，如果是去年這個時候，確實有一個我認識的女人……」

「那個女人是香夜？」

「是……」清重點頭。

「這件事，您一定要說來讓我們聽聽。」晴明說。

九

清重遇見那個女子，是在一年前的秋天。

那時，他處理完宮內的事情，正乘車順著朱雀大路南下。大路左側停著一輛車。

拉車的牛，不知基於什麼樣的心情，似乎停住了腳步，不肯繼續往前走。因爲趕牛童子看似拚命在拉牛，牛卻壓根兒不想動似的。

「喂，走啊！你怎麼了？」

趕牛童子大喊大叫，連清重也聽得一清二楚。

然後——

那輛牛車的簾子突地飄然掉了下來，讓清重看到坐在車子裡的女子身影。

是一個美麗女子。

年齡二十歲左右，有一雙大眼睛，當她「啊」一聲地微微張開嘴巴時，露出嘴脣裡的白色牙齒，那模樣也很可愛。

是個討人喜歡的女子。

之後，那女子用袖子慌忙遮住臉龐的動作，也正好合了清重的喜好。

坐在車裡的清重立刻向隨從下令：

「跟著那輛車走……」

清重因此而知道了女子的住處。

女子住在六條大路東邊一棟小小的老房子，據說不久前才搬來的。

之前不知住在哪裡。

家裡只有一個看似是女僕的女人，以及一名男僕和一名趕牛童子。

可以想像，直至最近，女子的父親基本上是可以進宮的身分，卻突然過世，女子只能將房子賣給別人，之後搬到六條大路來——清重認為如此。

於是，清重立即送出和歌。

女子也傳來和歌酬答。

彼此交換了幾次和歌之後，順水行舟，兩人相愛起來。

清重也因此知道了女子名叫香夜。

在這之前，清重本來一直和一個名叫明子的女人來往，對象換成香夜之後，便不再去探看明子了。

他完全迷戀上了香夜。

「你可不能再去其他女人的住處喔……」

香夜緊緊摟住清重這樣說，那個緊緊摟住的動作也很討人喜歡。隨著見面次數增多，香夜似乎也逐漸變成清重所喜好的女子類型。

然後，清重察覺到一件怪事。

「我喜歡妳的嘴唇。不過，要是下唇再飽滿一點，那就更好了。」

清重若如此說，待到下一次見面時，香夜的下唇就眞的比上一次更飽滿了一些。

「妳這個眼睛，如果再這樣往上挑高一點的話……」

清重若如此說，待到下一次見面時，香夜的眼睛就眞的比上一次更挑高了一些。

「這個柔軟的乳房，如果再大一點的話，就可以埋住我的臉了。」

結果，下一次見面時，香夜的乳房眞的變大了。

起初，清重沒有注意到，之後逐漸意識到一件事。

原來不知自何時起，香夜的相貌似乎變形了，和原本的容貌不一樣。

有時甚至會讓人以爲是另一個人。

奇怪，她原本的五官到底是什麼樣子呢？

清重連這點也想不起來了。

香夜的臉眞是現在這種容貌嗎？

最初邂逅那時的眼睛和嘴脣，是不是和現在不同呢？

每當清重提及此事時，香夜的容貌就會變形，到最後，竟變成一張怎麼看都覺得很恐怖的臉。

五官的每一個部位都很美，但那種美，有一股凶惡不祥之氣。

無形中，清重不再前往香夜的住處，他在不知不覺中，又開始去之前的女人明子住處過夜了。

清重述說的，正是這樣的內容。

十

「原來是這麼一回事……」聽完清重的敘述，廣高低語著，「有關這事，我想起來了。」廣高似乎想起了某事。

「想起什麼事？」晴明問。

「這枝白狐筆，具有一種不可思議的力量。」

「什麼樣的力量？」

「這枝筆可以在水中描繪。比如，讓某人的臉映在水中，然後可以用這枝筆修改映在水中的那張臉，更換成自己所喜歡的容貌。修改了映在水中的那張臉之後，將臉映在水中的那個人，也會變形爲水中那個容貌。我做了這件事……」

「是在和香夜小姐相遇的那個晚上，您給她做了這件事嗎？」

「是的。」廣高點頭，「她似乎遭遇了極爲悲傷的事，說想變成另一個人，所以我讓香夜小姐把臉映在水中，爲她修改了容貌。之後，就那樣將這枝筆送給了香夜小姐。」

「原來如此，原來事情是這樣的。那麼，接下來，我們可以做的事就不多了……」晴明說。

「什麼事不多了？」博雅一臉莫名其妙地問晴明。

「就是我們能做的事不多了。」

「什麼？」

「現在，我們出門吧。」

「去哪裡？」

「去位於六條大路的香夜小姐住處……」晴明說。

十一

四人一起動身出門。

抵達位於六條大路的那棟宅邸時，已經是傍晚了。

那是一棟小小的宅邸。

圍牆不高，門也不大。

因爲門敞開著，四人就直接穿過大門進去。

東邊山頂出現了滿月。

屋裡沒有人聲的動靜。
多少應該有人在才對，不過，聽不到屋裡有任何聲響傳出。
最初察覺到的是博雅。
「有人在哭……」博雅悄聲說。
衆人停住腳步，傾耳靜聽，果然如博雅所說，可以聽到某人的哭聲。
是低沉的，女人的飲泣聲。
「啊……」
「啊……」
女人看似在屋裡哭泣。
四人依次進入屋內。
登上窄廊，再從窄廊來到屋簷下——
「啊，我實在好委屈呀，我實在好可恥呀……」
哭聲大了起來。
傍晚的亮光和月光，都沒有照射到屋簷下。
黑暗中，四周只聽得見女人的哭聲。
「我實在太愚蠢了……」

領先走在前頭的晴明，停住了腳步。

屋子裡邊——

可以看見黑暗中有一道影子。

有幾件本來應該重疊穿在身上的唐衣上衣，攤開在地板。

有個女人趴在那些唐衣上，正在哭泣。

「妳是香夜小姐嗎？」晴明開口搭話。

然而，女人只是不停地哭，不作答。

「妳在哭什麼呢？」

晴明再一次開口搭話，往前邁出一步。

「別過來！」

女人的聲音突然變成男人似的聲音。

「不准過來！不准看我的臉……」

女人依舊趴在地面，像是要將自己埋進雙手中那般，扭動著身體。

「妳是香夜嗎……」清重戰戰兢兢地開口。

「這個聲音，是清重嗎？」女人停止哭泣，抬起了臉。

但是，她的臉依舊面向對面。

即便她轉頭面向衆人，在這種黑暗中，恐怕也看不清楚。

「你竟然還敢來……」

女人轉頭面向這邊。

衆人之所以可以看清楚她的臉，是因爲她整張臉都發出一層青白色亮光。

「喝！」清重的聲音梗在喉嚨。

因爲清重看得一清二楚，轉頭朝向這邊的女人的臉——頭上長出了角。

她那雙眼睜，熊熊燃燒著青色鬼火。

頭上的角，比昨晚看到那時更長了。

雙眼眼角朝太陽穴方向吊高，嘴巴裂成大洞一般，獠牙扎破嘴脣地往外伸出。

「怎、怎、怎麼會……」清重大叫。

川成的筆已經不在女人手中。

那枝筆現在在廣高懷中。

可是，爲什麼女人的臉會變成這樣呢？

「來得眞好，來得眞好，清重大人……」

女人站起身。

嘴脣往上吊高。

看似在笑。

「您終於來了嗎？清重大人……」

像是男人聲音的女人聲音，再度恢復成女人原本的聲音。

「您終於來到葛女身邊了嗎？」

聽女人如此說，清重問：

「葛、葛女？」

清重的聲音比方才更大聲。

「您忘了嗎？您忘了以前經常出入這裡的那些日子嗎？」

女人眼裡撲簌簌溢出眼淚。

「那時候的我，日子過得非常快樂……可是，歲月囤積在這個肉體上，皺紋也鏤刻在這張臉龐上……」

「葛、葛女……」

「如果沒有臉上這些皺紋……腰身的肥肉也增多了，臉頰的肉是不是

鬆弛了？以前妳的皮膚也是很細嫩的呀……」

看來，此刻的女人正在模仿清重於往昔對女人說過的話。

「最後，您終於不再來我這裡了，變成經常去那個女人——明子小姐的住處。」

葛女一面說著，她的犬齒也一面化爲獠牙，愈來愈長。

「我那時實在很悲傷啊，那時實在很痛苦啊。我氣憤得很，我氣憤得很，甚至想乾脆死掉算了，於是在鴨川河灘哭泣，結果和這位廣高大人相遇……」

廣高問葛女，爲何哭泣；葛女回答，因爲被男人拋棄了。

「我想變得更年輕，變得比之前更美，好讓那個人回到我身邊……」

聽哭泣的女人如此說，當時廣高給她施行的正是水化妝之法。

讓臉映在水中，再以川成的筆，描摹水中那張臉……

消去皺紋，去掉臉頰的鬆弛，畫成年輕的、美麗的——

「當我看到映在水中那張自己的臉時，簡直難以置信。我不僅變得年輕了，也變得比以前更美麗。而且廣高大人說，那枝筆對他來說已經毫無用處，竟將筆送給了我……」

因此，女人——也就是葛女，想到了一個好主意。

她非常清楚清重喜歡的女人類型，於是親自對著映在水桶的臉，用川成的筆，將自己的臉畫成清重喜歡的類型。

她不但遷移了住處，還改名爲香夜，成爲另一個人，打算再一次與清重相識。

因爲她大致知道清重什麼時候進宮，又會在什麼時候出來，所以故意停住車，假裝牛不願意往前走，等清重路過。

事情進行得很順利。

清重因此而再度前往葛女的住處，當然清重本身不知道香夜與葛女是同一個人。

可是，想到清重不知於何時會再度移情別戀，葛女非常不安。

因此，每當清重不經意說出有關容貌的話時，葛女每次都會用筆修改自己的容貌，沒想到這事反倒令清重感到恐懼，結果清重又回到原來的女人明子身邊。

知道清重回到明子身邊之後，葛女故意讓自己的臉變成妖鬼，在明子面前神出鬼沒。

葛女打算向明子報仇雪恨。

不料——

被清重看到了她的妖鬼模樣。

她心想，即便她的外貌像個妖鬼，清重肯定也看出了妖鬼到底是誰。

這樣的話，清重大概不會再來找自己了，於是回到家後哭了整整一夜。

但是——

「妳的臉到底怎麼了？那枝筆已經回到廣高大人的手中……」

清重問。

「噢！」葛女大叫，「我已經成爲即使沒有筆、也能化爲妖鬼的存在物了。不用再借用筆的力量，我已經逐漸在化爲妖鬼了。家裡的人就是因此而逃跑了。」

葛女像是在拒絕某事那般，左右搖晃著頭。

「這張臉和這個身體，都由不得我作主了……」

葛女放聲大哭。

她那張臉，在她說話的時候不停崩塌，眼睛、鼻子、嘴巴的形狀都變了，早已失去了妖鬼的模樣，從臉頰和下巴也突出了角。
以哀憐的眼神凝望著葛女的廣高，開口說：
「用水桶汲水過來……」
「我、我去……」清重說。
清重慌慌張張地跑開後，廣高在燈臺上點燃燈火。
裝滿水的水桶被運過來。
廣高伸手搭在葛女肩上。
「來，妳過來……」
廣高將葛女拉到身旁，讓她的臉映在水桶水面上。
廣高從懷中取出川成的筆，對著葛女說：
「妳不要動……」
水桶水面上映出葛女的容貌。
廣高手中的筆順著水中那張臉描繪下去。
眼睛，鼻子，嘴巴，臉頰，頭髮……
描繪結束。
「怎麼樣呢？」廣高問。

「噢！」第一個叫喊出聲的是清重，「臉恢復原狀了，恢復成葛女的臉龐……」

果然如清重所說那般。

水桶水面映出的那張女子的臉，是晴明和博雅兩人第一次看到的。

「我還記得一年前那個晚上，在月光下看到的妳的臉。我讓妳恢復成原來的那張臉……」廣高說。

「噢噢……」

葛女大聲叫喊出來。

接著放聲慟哭起來。

十二

之後，清重和葛女到底怎麼樣了，晴明和博雅都不知道。

「不知道他們怎麼樣了，那兩人……」

某天，博雅在晴明宅邸的窄廊上，端著盛著酒的酒杯，低聲如此自言自語。

「是啊，不知道他們怎麼樣了。」

晴明也重複說著博雅所說的話。

然後，晴明喝乾了自己手中酒杯裡的酒，如此低語了一句。

「他們畢竟是人啊……」

至於巨勢廣高的消息，兩人都很清楚。

發生了那件事之後，廣高把自己關閉在長樂寺佛堂內，在佛堂牆上畫畫。

畫的是六道輪迴圖。

那是根據凡夫眾生活在這世上時所積存的善惡業力，日後將奔向的六種迷界的畫。

地獄道。

餓鬼道。

畜生道。

阿修羅道。

人間道。

天道。

畫的是在這六種迷界中徘徊的女人圖。
畫成時，廣高的頭髮也留得很長；如此，廣高順利還俗了。
廣高畫的這幅畫，成爲長樂寺寺寶，據說一直流芳後世。

鬼葫蘆

一

梅花正綻放的時節。

就在盛開的梅花香氛裡——

安倍晴明和源博雅，聞著那梅花香味，正在喝酒。

場景是在晴明宅邸窄廊上。

晴明身穿宛若白梅的白色狩衣，背倚一根柱子，豎起一條腿，坐在圓座墊上。

博雅也坐在圓座墊上，雙手端著盛著酒的杯子，自方才起就望著梅花，出神地頻頻嘆氣。

四周只有一個火盆。

身穿十二單衣的蜜蟲坐在兩人身旁，每當有人的酒杯空了時，便會在酒杯內斟酒。

酒的香味和梅花香混雜在一起，會形成一種讓人聯想到天界美酒也不過如此的氣味。

當酒香混進梅香時，梅花的香氣中似乎也微微泛起了一層紅光。

「這香味實在太好聞了……」博雅喝醉般地閉上眼睛，「這是不是就是所謂的咒呢？」說完張開眼。

「喂，博雅啊，你剛剛說的是咒吧？」

晴明一副聽到意想不到的話題的神情。

畢竟要讓博雅主動說出有關咒的話題，是極爲稀有的事。

聽晴明如此說，博雅用一副「糟了」的眼神望向晴明說：

「我說出與咒有關的話題，有什麼不好嗎？」

「當然好。可是博雅啊，你剛才說的咒，到底是什麼意思？」

「哎呀，那個，其實……」

博雅喝乾了杯子裡的酒，望著晴明接著說：

「哎，我只是突然想到，這股梅花香味，如果不是被命名爲『香氣』，不知會怎樣？」

「是嗎……」晴明以表情催促博雅繼續說下去。

「如果沒有『香氣』或『氣味』這類詞，人們一定不知道，究竟該以何種心情，對待這股每年初春從梅花飄出來的好聞氣味。」

「唔。」

「我是這麼想的，這股氣味正因爲被命名爲『香氣』或『氣味』這類詞，所以人們在透過鼻子聞到時，才能將內心所湧起的各種想法與感情，盛在這類詞，並表達出來。」

「唔……」

「雖然我忘了是什麼時候，不過晴明啊，你以前不是對我說過，這世上最短的咒是名稱嗎？」

「確實說過。」

「正是這點，晴明。」

「哪一點？」

「有了名稱和各種言詞的咒，人們的心和感情才會變得更深。難道不是這樣嗎？」

「正是這樣。博雅，你太厲害了。」

「厲害什麼？」

「唔，總而言之，最近我一直在想，如果這世上沒有言詞，也就是沒有咒的話，或許人們甚至沒辦法思考事情，結果，你竟然自然而然就抵達這個境界。所以我才說，你很厲害。」

「雖然聽不懂你在說什麼，但我知道你是在誇獎我。可是……」

「可是什麼？」

「可是我不知道你到底在誇獎我什麼，這好像有點……」

「這正是你的優點啊，博雅。」晴明伸手端起擱在一旁的杯子，「話說回來，博雅啊……」說完，再用紅脣含了一口酒。

「什麼事？」

「最近在京城鬧得很嚴重的那個奇怪風聲，你聽說了嗎？」晴明擱下酒杯說。

「如果你說的是那個頭髮會變白、腳會變得僵硬的風聲，我倒是聽說了……」

博雅以「那又怎麼了」的眼神望向晴明。

二

最初，是一位名爲藤原烏麻呂的人發生了問題。

大約在三個月前發生的。

那天早上，藤原烏麻呂起床後，發現自己的頭髮全部變得雪白。

他今年四十歲。

還不到頭髮發白的年齡。雖然也有年紀輕輕、頭髮卻變白的人，但烏麻呂的頭髮正如他的名字那般，不但頭髮烏黑，而且多得塞不進烏帽。之前可以說完全沒有一根白髮，而那樣的頭髮，竟然在一夜之間全變白了。

不光是頭髮。

連鬍鬚，以及他那高貴的兩條大腿根的體毛，也如老人那般變白了。

儘管如此，他的五官仍保持原樣，沒有老去。除了頭髮，他臉上沒有增加皺紋，皮膚也沒有鬆弛，聽覺沒有失去靈敏，視力也沒有模糊不清。

他本來以爲這種事或許也有可能發生，但次日早上，他因爲眼睛疼痛而醒來。

他揉搓著眼皮，結果眼睛益發疼痛，而且不停掉落泥土。原來，他的眼皮內塞滿了泥土。

再次日，他的下腹發脹，並疼痛起來。腹部咕嚕咕嚕響個不停，突然有要大便的感覺，去了廁所，排出滿滿一盆火盆的蛔蟲。

然後，腳底硬得像岩石，光腳走在窄廊的話，甚至會磨損窄廊的地板表面。

烏麻呂變得無法吃食稻米做的東西。

他吃得下魚肉和青菜，但每逢吃米飯時，總是無法嚥下，會吐出。用稻米製作的酒也一樣。他能喝水，卻不能喝酒，一喝酒，便會吐出。

他覺得事情有點奇怪，請和尚來唸經，或撥弄弓弦，或煙薰芥子，症狀卻一直沒有消失。

過了十天左右，家裡人帶來一名僧人打扮的奇妙老人。

「這位老先生聽到風聲，前來探訪，說有辦法解決大人的問題……」

家裡人說。

仔細端詳，是個耳朵兩側亂蓬蓬長出白髮、頭頂禿得溜滑的老人。下巴以下的長鬍子也發白了。

雙眼細得像一根線，那也正是老人的魅力，外貌看上去像是一個和藹可親的老人家。

我名叫墩炳——

老人如此自我介紹，說話時有異國口音。

「我偶然聽聞了烏麻呂大人的風聲，您似乎被某種不祥之物附身了。

據我所聽聞有關大人的症狀，我想，能驅除這不祥之物的人除了我，應該別無他人。因此，我今天便前來拜訪。如果可以的話，能不能請大人試下，絕對不會耽擱大人的工夫……」

老人——墩炳說了上述類似開場白的話。

對烏麻呂來說，同樣的症狀已經持續了十天，他完全不知如何是好，正處於束手無措的狀態。

「不管做什麼都可以，你想辦法解決吧。」

烏麻呂抱著最後希望，接受了墩炳老人的意見。

「是。」

墩炳老人進了宅邸後，讓烏麻呂坐下，再從懷中取出一個木製盤子，擱在烏麻呂面前的地板上。

接著從懷中取出一個形狀很奇怪的人偶。

從人偶的圓形身軀，伸出細長手腳。人偶身軀，是一個布製袋子，裡面看似塞滿了某種東西。從布袋伸出四根看似青草莖稈的東西，那莖稈似乎就是人偶的四肢。

脖子是一根線，連結了一個不知是茄子或是葫蘆形狀的木製面具。

面具上畫著一雙骨碌碌的圓眼，以及一張口，口中有好幾顆牙齒。

墩炳老人將那人偶擱置在木製盤子上。

之後，吩咐家裡人送來一個香爐，接著在香爐內焚燒了某種看似粉狀的東西。

從香爐冒出的煙，發出一股像是在火烤即將發爛的魚的味道。

隔著人偶，墩炳和烏麻呂在地板上相對而坐。

「那麼，我要開始驅除妖鬼了。」

墩炳用手掌和手指，結成看似印契的形狀，口中唸唸有詞地唸起咒文來。

此處不是汝的處所
汝應該尋找自己應有的處所
此處不是汝的住處
汝應該返回自己的黑暗巢穴
汝沒有慈悲心
汝是黑心邪鬼

吾將讓汝永遠無法復蘇
吾將讓汝永遠不能做惡

墩炳朗誦了三次上述句子。

每朗誦一次，墩炳總是會呸一聲地在烏麻呂臉上吐一次唾沫。

結果，烏麻呂總計被墩炳吐了三次唾沫。

之後，墩炳再度朗誦了三次同樣句子，每朗誦一次，墩炳都會對著人偶吐一次唾沫。

「這樣應該可以了。」

墩炳將人偶和木製盤子收進懷中，說一句「告辭了」，便乾脆爽快地告別離去。

「怎麼樣了？」墩炳再次露面時，是三天之後。

烏麻呂身上的疼痛已經全部消失，頭髮也恢復爲原本的顏色，而且不再排出蛔蟲，眼睛也不再積存泥土。

可以吃米飯，也可以喝酒。

不但疾病痊癒，附在身上的邪魔似乎也全被驅除了。

「哎呀哎呀，眞是感激不盡。」

烏麻呂請墩炳喝酒，並招待他吃飯，甚至讓他帶著禮品回去。

那以後，京城連續發生了類似事件。

出現與烏麻呂同樣症狀的第二個人，是一個名叫橘川成的男人。

第三個出現同樣症狀的人，是一個名叫平清重的男人。

每一次都在症狀出現後第十天左右，墩炳會去拜訪該人宅邸，爲該人解決這些奇妙問題。

總而言之，只能用不可思議這個詞來形容。

三

「話說回來，這事也實在太古怪了……」開口說話的是博雅，「在這麼短的期間內，烏麻呂大人、川成大人、清重大人，竟然都遭遇了類似的古怪事。」

「不對，博雅，是四次……」

「四次？」

「其實，四天前，藤原兼家大人也出現了同樣症狀，所以這是第四次，第四個人……」

「什麼？」

「因此，兼家大人現在非常煩悶。若是遵循之前的例子，大約在第十天左右，墩炳大人便會前來治癒兼家大人的病症，可是，兼家大人說等不及十天。話雖如此，即便想讓人去請墩炳大人前來治病，但墩炳大人究竟住在哪裡，完全沒有人知道。再說，迄今爲止的三次，墩炳大人都在第十天左右前來拜訪，但兼家大人擔心，不知墩炳大人這次會不會在十天後登門拜訪。」

「唔。」

「所以，今天早上，兼家大人遣人來傳話，要我設法解決問題。」

「原來是這樣啊……」

「嗯。因此，再過一會兒，我必須出門一趟。」

「去哪裡？」

「當然是兼家大人宅邸。」

「原來如此。」

「怎樣？博雅，你去不去？」

「去、去哪裡？」

「兼家大人那裡。」

「噢。」

「好，那一起走吧。」

「走。」

「走。」

事情就這麼決定了。

四

去了一看，兼家躺在床上。

仔細一看，滿頭雪白頭髮。

兼家的頭髮本來就混有白髮，但還不到目前這種程度。

「晴明啊，事情正如你所見的。」

兼家的聲音很虛弱。

「不能吃米飯，也不能喝酒。腳底像石頭那樣硬，每天排出火盆滿滿一盆的蛔蟲，眼睛裡有泥土……」

說此話的兼家，雙眼通紅，內眼角和外眼角都流出鮮血。

「救救我，晴明……」

「先讓我看看吧。」

晴明如此說之後，握住左右手，然後雙手分別豎起食指和中指兩根手指。

再閉上眼睛，接著舉起右食指和中指貼在自己的左眼皮上，左食指和中指則貼在自己的右眼皮上，之後低聲唸了咒文，最後張開眼睛。

「怎、怎樣？晴明，你看到了什麼嗎？」

「請安靜……」

兼家在被褥中抬起上半身望著晴明，晴明轉頭望向兼家。

「哎呀，這實在太奇異了……」晴明低聲自言自語。

「晴、晴明……」兼家以驚恐萬分的眼神望著晴明。

「噓！」

晴明望著兼家一會兒，其次望向兼家腳下，再次望向庭院。

「是邪魔附體。」晴明說。

「是邪、邪魔附體？」

「是妖鬼。」

「妖、妖鬼？」

「是之前從未見過的，這是第一次遇見的妖鬼。」

「什……」

「那妖鬼，正伸出赤紅舌頭在舔吮兼家大人的頭髮。我想，這應該是頭髮變白的理由……」

「什麼……」

「接下來，這妖鬼用嘴巴捂住兼家大人的嘴巴，在兼家大人體內灌進呼氣。每一口呼氣，都會讓兼家大人的腹中產出蛔蟲，這應該是病人排出蛔蟲、不能吃米飯、不能喝酒的原因吧。」

「……」兼家已經說不出話。

「這妖鬼，有時會鑽入兼家大人的腳底，啃著兼家大人的腳掌。腳底會變硬，應該是因爲這個……」

「那你剛才爲什麼望向庭院？」

「這妖鬼去了庭院，我看的是它。」

「妖鬼去庭院做什麼？」

「妖鬼在撿拾庭院的泥土。此刻已經回來了，現在……」

晴明說到此時，兼家大叫出來。

「哇！」兼家揉擦著眼睛說：「不知是什麼東西在我的眼裡撒進泥土……」

「用木桶盛水過來……」晴明說。

盛著水的木桶被送過來，用水洗滌了兼家的眼睛，總算除去了兼家眼睛裡的泥土。

兼家一副疲憊不堪的表情問：

「晴明，難道沒辦法解決嗎？」

「辦法倒是有，只是，也許要花一點時間。」

「不能馬上治好嗎？」

「這是我第一次看到的妖鬼，而且看上去好像是異國妖鬼，可能需要兩天或三天……」

「到底是什麼模樣的妖鬼？」

「很難用言語說明。」

「我也能看到嗎？」

「如果您想看的話。」

「想看。」

「可是，那妖鬼令人看了會感覺不太舒服……」

「儘管如此，我也想看。」兼家說。

「晴明，我也想看。」博雅開口。

「那就沒辦法了。」晴明膝行地挨近兼家，「博雅大人也請過來。」

博雅挨近兩人。

「能不能請兩位大人都閉上眼睛……」

晴明如此說後，用左手食指和中指貼在博雅的右眼上，再用右手食指和中指貼在兼家的左眼上。

晴明低聲唸了咒文，鬆開手指。

「請張開眼睛。」

兩人同時張開眼睛，然後，兩人同時「哇」一聲大叫出來。

因爲他們看到了兼家枕邊那個奇異物體。

若論身高，約七尺多。

臉部宛如一顆走形的葫蘆，線頭般的頭髮從頭頂垂落至額頭。眼睛如洞孔，裡面有一雙骨碌碌滾動的眼球，似乎正在望著在場的眾人。

沒有鼻子。

嘴巴裂成兩半，露出三、四顆大牙齒，每顆牙齒都伸至不同方向。口中那根不停蠕動的赤紅長舌，鬆軟地向外下垂。

脖子像一根繩子，細得令人不敢相信竟能撐住那顆頭。

肚子圓圓鼓起，猶如木桶。

手腳像是草莖或小樹枝。

那妖鬼輕飄飄地晃動著上半身，像在風中搖曳的葫蘆那般。

「啊哇哇！」

兼家雙手撐在背後的地面，挪動腰身往後退。

博雅雖然沒有發出叫聲，卻也縮回上半身地向後仰，呻吟道：

「晴、晴明，原來你始終都在看這類東西？」

「快、快想辦法解決，晴明……」兼家也臉色發青，嘴唇不停顫抖。

「我剛才也說過了，這是異國妖鬼。雖然無法立即讓它消失，不過，

我來試試看吧。」

「拜、拜託了。」

「那麼，請各位對著那妖鬼吐沫。」

「吐、吐沫？」

「是。」晴明點頭，「話說將門之亂那時，俵藤太大人懲治三上山的大蜈蚣之際，先在箭頭蘸上自己的唾沫，之後再射出。不論古今中外，凡具有魔力之物，都不喜歡人類的唾沫。」

聽晴明如此說，兼家和博雅便對著那妖鬼啐了一口唾沫。

「來，大家都來。」

晴明催促其他人，在場的所有家裡人，儘管不明所以，卻也對著兼家和博雅啐出唾沫的方向，先後吐出唾沫。

結果——

咕牟牟咕嚜嚜嚜嚜嚜……

妖鬼低聲發出呻吟，飄飄蕩蕩搖晃著身子，朝屋外走去。

妖鬼步下庭院，再從庭院穿過大門，走向宅邸外邊——

「接下來的事，就包在我和博雅大人身上吧。」

晴明向兼家如此說，和博雅一起跟在妖鬼後面，來到宅邸外邊，邁出腳步。

五

妖鬼的目的地是西京。

那妖鬼走到朱雀大路後，再往南走，來到六條大路，拐彎往西走。

因爲妖鬼走得很慢，跟在後面的兩人不會跟丟。

路上的行人，由於看不見走在晴明和博雅前頭的妖鬼身姿，會以爲兩人在春日陽光中信步而行。

來到西邊盡頭，又走了一會兒，妖鬼進入一棟破舊寺院。

地面都是已經枯萎的去年的青草，其上又長出野萱草、繁縷等春天野草，妖鬼踏著那些野草，走進看似正殿的建築物中。

晴明和博雅也追在妖鬼身後，進入正殿。

正殿屋頂已掉了一半，地板幾乎都腐爛了。

兩人咯吱咯吱踩著腐爛地板前進。

「噢，噢，怎麼回來得這麼快？發生了什麼事……」

裡邊傳來說話聲。

「晴明，裡面好像有人。」博雅說。

「看樣子，確實有人。」

晴明一邊說，一邊領先不停地往前走。

裡邊有一處勉勉強強留有地板，頭上又有屋頂罩住，好歹能湊合著讓一個人躺下的地方。

那地方坐著一名僧人打扮的老人，那個妖鬼則站在老人面前。

「你怎麼了？還不到十天，怎麼這麼快就回來了……」

老人對妖鬼說。

那老人似乎察覺到晴明和博雅的動靜，轉頭望向兩人。

「咦，你們是誰？」老人問。

老人的頭頂禿得光溜溜，耳朵兩側冒出亂蓬蓬的白髮。

「您是壞炳老師吧？」晴明一面問，一面往前走去。

博雅跟在晴明身後。

「我們是跟在那妖鬼身後來的。」晴明說。

「這麼說來，兩位看得見這個妖鬼……」

「是。」晴明點頭。

「喔，原來如此，那還眞是……」

「我住在土御門大路，名叫安倍晴明。這位是……」

「在下名叫源博雅。」

晴明和博雅各自報上姓名。

「喔……我確實如你剛才所說，名叫墩炳。數年前，從唐國渡海而來……」

「是您從唐國帶來那個妖鬼嗎？」

「啊，不，不是那樣。雖然不是那樣，但也可以說是那樣，哎呀，眞是的，這眞是……」

墩炳一臉誠惶誠恐的神色，一會兒撓著頭，一會兒伸手撫摸下巴。

「話說回來，既然你們看得見這個妖鬼，表示在這個國家，你們也算是具有高超法術的高手吧。事情既然到了如此地步，我想還是不加隱瞞向兩位坦白說出一切比較好吧。如果你們願意騰出一些工夫，聆聽我詳細述說，我將感激不盡……」

墩炳如此說後，彎腰行了個禮。

六

我在故國鄉里，以巫師為業。

我並非具有高超的法術能力，只會做一些簡單的驅邪法術，因而在故國很難找到工作。於是我想，如果在其他國家，我的法術或許也能派上一點用場。

日本國的話，想必應該還沒有出現具有高強法術的人。若是那樣，像我這種程度的人，說不定也會有合適的工作——

然而，我的想法大錯特錯了。

所謂異國妖鬼，那還真是每個國家的妖鬼都有其特徵，即便是簡單的驅邪法術，也有該國特有的做法，雖然也有像我這種近日才踏上該國土地的人應付得了的妖鬼，但大多是相當棘手的例子，讓我應付不了。

因此，我想到一件事。

「如果這裡有故國的妖鬼那類的，那該有多好……」

若是唐國的妖鬼，我多少懂得一些，也多少知道該怎麼做才能驅除唐國的妖鬼，既然如此，那乾脆由我自己製作出唐國的妖鬼——這樣想的人，當然也是我。最後我製作出來的，正是兩位此刻看到的那個妖鬼，它名叫「由三格塞呀」。

若是這妖鬼，我不但能驅除，碰到緊急狀況，也知道該怎麼做才好。因此，不久前，我就閉關在此寺院，每天晚上朗誦咒文，心中思念著那個由三格塞呀，大約過了一個月，這附近的氣開始凝聚起來，兩個月後，由三格塞呀開始出現具體形狀，也開始具備還算可以的作惡能力。如果放任不管，它會不經允許地任意出門，並隨便附體在某處的某人身上。

由三格塞呀失蹤後、過了十天左右，我在京城大街小巷到處奔走，打聽消息時，偶然遭遇了明顯是由三格塞呀肇禍的事件。於是我登門拜訪那戶宅邸，驅除了由三格塞呀，結果主人不但請我吃了一頓飯，還請我喝酒，這實在令人感激涕零。於是，我便繼續以此方式維繫生活，沒想到應該還不到歸來日子的由三格塞呀，竟然在今天突然回來了，接著就是晴明大人和博雅大人隨後出現，事情就是如此——

七

「原來如此……」

博雅端著酒送到嘴邊地說。

此處是晴明宅邸窄廊上。

晴明與博雅——兩人已經回來，正在一起喝酒。

夜晚——

梅花愈開愈白，香味融化於夜幕中，甘甜地消融於夜氣裡。

「事情果眞如你所說的，你說是不是？博雅……」晴明說。

「什麼意思？如我所說的？」

「是啊。你不是說過，這是不是就是所謂的咒嗎？」

「光是說的話，好像確實說了……」

「是說了。關於梅花的香味，你自己不是說了，如果沒有被命名爲『香氣』，不知會怎麼樣嗎？」

「你是說那個啊？」

「嗯。那個名叫由三格塞呀的異國妖鬼，不是也因爲被思念，並利用我們這個日本國的氣，施了咒，還給命了名，所以才會形成那種模樣的妖鬼嗎？」

「確實如此。」

「依據不同的咒，也能產生異國的妖鬼。既然是異國的妖鬼，那麼，也就會出現我國的法力完全派不上用場的例子吧。」

「唔，嗯。」

「總之，這回的事件讓我多少也學習到一些道理。博雅啊，這都多虧了你……」晴明說。

「晴明啊，在我聽來，你好像是在向我道謝，只是你說的是有關咒的話題，所以我聽得有點糊裡糊塗。」

「白天時，你不是一副洞悉明白的樣子嗎？」

「白天時確實那樣……不過晴明啊，我現在倒覺得，我很可能被你矇混過去了。」

「是嗎……」

「算了。今晚，我們就以梅花香爲下酒菜，痛快喝酒吧。」

「意思是，只要酒好喝，一切都好說嗎？」

「嗯。」

博雅點頭，緩緩喝乾蜜蟲在空酒杯裡所倒入的酒。

梅花香閒情逸致地與黑暗合爲一體，夜幕逐漸加深。

後記

《蟬丸》一事

自從動筆寫了《陰陽師》以來，今年是三十週年，而以小說家身分得以領取稿費之後，則爲第四十年。

既像是遙遙一段歲月，也像是彈指之間那般。想到此，無論風再如何吹，綠葉再如何搖曳，我總是會陷於一種雖然不是博雅的台詞，卻也是「內心不由得慨然起來」的狀態。

近來，我總覺得身爲人應該擁有的各種慾望，隨著年齡的增長，似乎漸漸變得稀薄。話雖如此，慾望本身並沒有消滅。有時我也會想，作爲小說家，這樣可以嗎？一方面我認爲，在衆多慾望的折磨之下所寫出的作品，比較具有力量；但另一方面又認爲，年齡增長的現在，不是也可以寫出屬於現在的境界的作品嗎？總之，我認定自己會終生寫下去，這點絕對錯不了，除非萬不得已，否則，我大概是那種會一直寫到臨死前的寫作者類型。不需要下定決心，也不需要握緊拳頭，我想，我可能就是會自然而然地那樣活著，再那樣死去吧。我還有很多想寫出的東西，多到即便轉世投胎，再度成爲小說家，也寫不完的程度。反正，人都會在做某件事的途中死去吧。這樣正好。

配合這個三十週年，我將出版《陰陽師》的CD書。

這幾年來，我和幾位音樂家合作，一起演出自製的朗讀音樂會等活動，這回正是這些緣分的層疊累積，最終成爲「事情就這麼決定了」。

其實最初只是想製作「像CD一樣的書」、「像書一樣的CD」，既可以擺在書店的架子上，也可以擺在CD店的架子上，而開始進行這個企畫。我負責寫《陰陽師》的新作品。

配合那篇新作品，音樂家負責作曲，進行演奏。

因爲是CD也是書，裡面不僅收錄了新作品，照樣也有〈後記〉，更有東雅夫先生寫的解說。

詳細內情都在那張CD書的〈後記〉中寫得很仔細。不過這個故事的主角，我選的是蟬丸法師。

盲眼的蟬丸，用耳朵觀看這個世界和宇宙。

他應該可以用背脊聆聽月亮出來的聲音，正因爲眼睛看不見，所以應該是一種更爲接近衆神世界的存在。

之前，我在《陰陽師》中也提過了，我認爲，說來說去，歸根究柢，所謂音樂，就是獻給衆神的供品。在演奏的那一瞬間，樂音毫無疑問地像光線那般化爲波動，誕生於這個宇宙，存在於這個宇宙，然後，融化於這個世界般地消逝不見。這是不是可以視之爲，被樂師從宇宙深處撿拾來，再具體化於這個人世的樂音，結束其任務後，將再度返回衆神身邊呢？比任何人都明白這個道理的人，是不是就是蟬丸和博雅，以及晴明呢？

太棒了！

我有一種像是在參與一項難以想像之事的預感。

被我們請來參與這個試驗的人，是鋼琴家須賀大郎先生。

貝斯則由東保光先生擔綱。

打擊樂器與太鼓是辻祐先生。

龍笛是松尾慧小姐。

他們在這個人世所產下的每一個樂音，粒粒都具有色彩，粒粒都塡滿了故事。

有時，彷彿在青色月光中，出現了在空中滑溜爬行的蛇鱗顏彩，即便在樂音完全消逝時，在那無聲的、聲音和聲音之間的那個黑暗中，似乎也可以聽見衆神的竊竊私語聲。

我爲了《蟬丸》新作品另外附上一封信，信的內容如下：

出現在《蟬丸》這個故事中的神祇是繩文時代的衆神。

依據繩文時代的思想，這世上所有一切都棲宿著靈魂。

而所謂的「所有一切」，動物和蟲子自不用說了，其他如樹木和花草，無機質的岩石、石頭、水、雨等，也都包含在內。（中略）這個故事的概念，正是這些精靈與衆神參加了蟬丸和博雅的演奏。我認爲，召喚這樣的繩文衆神所需要的，或許正像是不斷被反覆響起的心音般的樂音。具體說來，雙手捧著大小如人頭那般的石頭，跪在大地地面；再譬如於夜晚的森林中，以與心音相同的節奏，咕咚、咕咚地擊打著大地，正是用那個聲音來召喚繩文衆神……。

另外，有關平安時代的聲音，我邀請了京都精華大學的小松正史先生寫了一篇隨筆。

很久之前起，我就一直在主張式神是宿神，是酒，是石神，而且也是繩文時代的衆神。

這點，透過音樂，在此具體體現出來了。

對我來說，內含這麼多故事的音樂，我也是第一次聽見。

當這本書擺在書店櫃檯約十天後，這張CD書《蟬丸》，應該也會擺在CD店和一部分書店的櫃檯上。

此外，承蒙伶樂舍的芝祐靖先生，以及電影《陰陽師》音樂作曲家梅林茂先生大力關照。

我很感激能夠參與這樣的嘗試。

啊，即便轉世投胎爲蟲子，我也想在來世繼續寫故事。

二〇一六年七月某日於小田原

夢枕獏

夢枕獏公式網站「蓬萊宮」網址：http://www.digiadv.co.jp/baku/

作者介紹

夢枕獏（YUMEMAKURA Baku）

日本SF作家俱樂部會員、日本文藝家協會會員。生於神奈川縣小田原市，東海大學文學部日本文學系畢業。嗜好是釣魚，特別熱愛釣香魚。也熱中泛舟、登山等等戶外活動。此外，還喜歡看格鬥技比賽、漫畫，喜愛攝影、傳統藝能（如歌舞伎）的欣賞。

夢枕先生曾自述，最初使用「夢枕獏」這個筆名，始自於高中時寫同人誌風的作品。「獏」這個字，正是中文的「貘」，指的是那種吃掉惡夢的怪獸。夢枕先生因爲「想要想出夢一般的故事」，而取了這個筆名。

年表：

一九五一年	一月一日生於神奈川縣小田原市。
一九七三年	東海大學日本文學系畢業。
一九七五年	到海外登山旅行，初訪尼泊爾。
一九七七年	在筒井康隆主辦的SF同人雜誌《NEO NULL》、及柴野拓美

主辦的《宇宙塵》上發表作品。在《NEO NULL》上發表的〈蛙之死〉受到業界人士注意，同作轉至SF專門商業出版雜誌《奇想天外》刊登而成爲出道作。之後在《奇想天外》發表中篇小說〈巨人傳〉，而正式開始作家之路。

一九七九年	在集英社文庫Cobalt推出第一本單行本《彈貓的歐爾歐拉涅爺爺》。
一九八一年	在雙葉社推出第一次的單行本新書《幻獸變化》。
一九八二年	在朝日Sonorama文庫推出Chimera系列第一部《幻獸少年Chimera》。
一九八四年	在祥傳社Non-Novel書系發表的「狩獵魔獸」系列三部曲成爲暢銷作。
一九八六年	循《西遊記》裡的旅途前往中國大陸作取材之旅，從長安到吐魯番。「陰陽師」系列開始連載。
一九八七年	繼續西遊記行程。下半年與野田知祐一同在加拿大的育空河泛舟。
一九八八年	第三次踏上西遊記的旅程，到天山的穆素爾嶺。文藝春秋社出版《陰陽師》。

一九八九年　以《吃掉上弦月的獅子》奪得第十屆日本SF大獎。

一九九〇年　《吃掉上弦月的獅子》獲頒星雲賞平成元年度日本長篇獎。

一九九三年　十月爲坂東玉三郎所寫的〈三國傳來玄象譚〉在東京歌舞伎座「藝術祭十月大歌舞伎」上演。

一九九四年　出任日本SF作家俱樂部會長。岡野玲子改編的漫畫作品《陰陽師》出版。

一九九五年　小說《空手道上班族班練馬分部》由NHK拍成電視劇，由奧田瑛二主演。在東京神保町的畫廊舉辦照片展「聖琉璃之山」（亦有同名攝影集）。文藝春秋社出版《陰陽師—飛天卷》。

一九九六年　爲坂東玉三郎作詞的〈楊貴妃〉在歌舞伎座上演。爲NHK BS臺的「釣魚紀行」錄影赴挪威。十月起在NHK總合臺「大人的遊樂時間」擔任常任主持人。爲電視節目「世界謎題紀行」錄影赴澳洲。

一九九七年　文藝春秋社出版《陰陽師—付喪神卷》。

一九九八年　於中央公論新社出版《平成講釋—安倍晴明傳》。

一九九九年　《陰陽師—生成姬》於朝日新聞晚報開始連載。

二〇〇〇年　文藝春秋社出版《陰陽師—鳳凰卷》。

二〇〇一年	四月，NHK製作、放映《陰陽師》，由SMAP成員之一的稻垣吾郎主演。六月，岡野玲子的漫畫版出版至第十冊。十月，電影「陰陽師」上映。由知名狂言家野村萬齋飾演主角「安倍晴明」，眞田廣之、小泉今日子等人共同主演。文藝春秋社出版《陰陽師—晴明取瘤》。
二〇〇三年	電影「陰陽師II」於十月上映。文藝春秋社出版《陰陽師—太極卷》。
二〇〇六年	首度來台參加台北國際書展，掀起夢枕旋風。
二〇〇七年	改編同名作品的電影「大帝之劍」由堤幸彥導演、阿部寬主演，於四月在日本上映。七月文藝春秋社出版《陰陽師—夜光杯卷》。年底配合首本繁體中文版《陰陽師》繪本《三角鐵環》來台舉辦簽書會，再度掀起《陰陽師》的閱讀熱潮。
二〇〇八年	雙葉社出版《東天的獅子》系列。
二〇一〇年	文藝春秋社出版《陰陽師—天鼓卷》。角川書店出版與天野喜孝、叶松谷共同合作的《楊貴妃的晚餐》。
二〇一一年	以《大江戶釣客傳》獲得第三十九屆泉鏡花文學獎、第五屆舟橋聖一文學獎。改編《陰陽師》的漫畫家岡野玲子訪台。同年

傳出陳凱歌將與日本電影公司合作《沙門空海》的電影拍攝作業。文藝春秋社出版《陰陽師—醍醐卷》。

二〇一二年　以《大江戶釣客傳》獲得第四十六屆吉川英治文學獎。十月文藝春秋社出版《陰陽師—醉月卷》。適逢《陰陽師》出版二十五週年，文藝春秋社也同步出版《陰陽師完全解析手冊》。

二〇一三年　八月參加ＮＨＫ總合台的柳家權太樓的演藝圖鑑節目播出。九月在東京歌舞伎座上演《陰陽師—瀧夜叉姬》，創下全公演滿座紀錄。十月小學館出版長篇小說《大江戶恐龍傳》系列。

二〇一四年　文藝春秋社出版《陰陽師—蒼猴卷》、《陰陽師—螢火卷》，後者出版後獲得十一月網路票選「二十歲男性閱讀的時代小說」第二名。

二〇一五年　曾獲第十一屆柴田鍊三郎獎的小說《眾神的山嶺》，將由導演平山秀行翻拍成電影，阿部寬與岡田准一主演，三月前往尼泊爾山區取景，將於二〇一六年於日本全國院線上映。暌違十二年《陰陽師》再度影像化，夏季將在朝日電視台播出同名ＳＰ電視劇，由歌舞伎演員市川染五郎主演。

二〇一七年　作家生涯四十週年，榮獲菊池寬獎及日本推理大賞。

國家圖書館出版品預行編目（CIP）資料

陰陽師. 第十八部, 玉兔卷 / 夢枕獏著 ; 茂呂美耶譯. -- 初版. -- 新北市 : 木馬文化出版 : 遠足文化發行, 2018.07 304面 ; 14 x 20 公分. -- (繆思系列) ISBN 978-986-359-556-4(平裝)	
861.57	107007864

繆思系列

陰陽師〔第十八部〕玉兔卷

作者／夢枕獏（Baku Yumemakura）
封面繪圖／村上豐
譯者／茂呂美耶
社長／陳蕙慧
行銷企劃／李逸文・闕志勳・廖祿存
特約主編／連秋香
封面設計／蔡惠如
美術編輯&內頁排版／蔡惠如

社長／郭重興
發行人兼出版總監／曾大福
出版／木馬文化事業股份有限公司
發行／遠足文化事業股份有限公司
地址／231新北市新店區民權路108之4號8樓
電話／02-2218-1417
傳真／02-8667-1891
Email：service@bookrep.com.tw
郵撥帳號／19588272 木馬文化事業股份有限公司
客服專線／0800221029
法律顧問／華洋國際專利商標事務所 蘇文生 律師
初版一刷 2018年7月
初版六刷 2022年9月
定價／新台幣340元
ISBN 978-986-359-556-4

歡迎團體訂購，另有優惠，請洽業務部（02）2218-1417分機1124

Onmyôji – Gyokuto no Maki